O que acontece
quando um homem
cai do céu

Lesley Nneka Arimah

O que acontece quando um homem cai do céu

Tradução de Carolina Kuhn Facchin

kapulana

São Paulo
2018

Copyright © 2017 by Lesley Nneka Arimah
Copyright © 2017 Riverhead Books
Copyright © 2018 Editora Kapulana Ltda. – Brasil

Título original: What it means when a man falls from the sky

Antes das edições de língua inglesa, em 2017, os seguintes contos foram publicados, em separado, em outros meios: "The Future Looks Good", "War Stories", "Second Chances", "Windfalls", "Light", "Buchi's Girls", "What It Means When a Man Falls from the Sky", "Who Will Greet You at Home".

Direção editorial:	Rosana M. Weg
Tradução:	Carolina Kuhn Facchin
Projeto gráfico:	Daniela Miwa Taira
Capa:	Mariana Fujisawa

Dados Internacionais de Catalogação na Publicação (CIP)
(Câmara Brasileira do Livro, SP, Brasil)

Arimah, Lesley Nneka
　　O que acontece quando um homem cai do céu/ Lesley Nneka Arimah; tradução de Carolina Kuhn Facchin. -- São Paulo: Kapulana, 2018.

　　Título original: What it means when a man falls from the sky.
　　ISBN 978-85-68846-36-0

　　1. Contos - Literatura africana 2. Ficção nigeriana I. Título.

18-16376　　　　　　　　　　　　　　　　　　CDD-823

Índices para catálogo sistemático:
1. Contos: Literatura nigeriana　　823

Maria Paula C. Riyuzo - Bibliotecária - CRB-8/7639

2018

Reprodução proibida (Lei 9.610/98).
Todos os direitos desta edição reservados à Editora Kapulana Ltda.
Rua Henrique Schaumann, 414, 3º andar, CEP 05413-010, São Paulo, SP, Brasil
editora@kapulana.com.br – www.kapulana.com.br

   9   O futuro parece bom
 15   Histórias de guerra
 25   Descontrolada
 47   Luz
 53   Segundas chances
 63   Acidental
 73   Quem vai te receber em casa
 93   As meninas da Buchi
111   O que acontece quando um homem cai do céu
127   Glória
145   O que é um vulcão?
155   Redenção

Para meu pai.
Obrigada por me contar suas histórias.

O futuro parece bom

Ezinma se atrapalha com a chave na fechadura e não vê quem chega atrás dela: o seu pai ainda menino, quando ainda era doce, disputando o afeto da mãe. A avó de Ezinma – explorada até os ossos pelas mulheres cujas casas ela espanava, cujas roupas ela lavava, cujos filhos ela esfregava até ficarem limpos; explorada pelos ossos de um marido que queria muitos filhos e dos homens que ela acolhia para realizar este desejo – cuida do filho até os treze anos como se fosse uma enfermeira, e morre na sua cama com um suspiro longo e cansado.

A madrasta sente por ele o mesmo que sentiria por um cachorro de rua que aparecesse o bastante para que ela conhecesse a sua cara, mas que ela nunca deixaria entrar em casa. Eles dançam ao redor um do outro, o menino valsando para frente com desejo e a mulher fugindo em uma pirueta. Ela cresceu numa casa em que era a irmã mais velha de muitos e sabe como uma criança pode afogar os sonhos de uma mulher. O menino só vê as costas viradas, a rejeição, e o pai ignora tudo, cego pelo prazer de ser um homem velho com uma esposa jovem, ainda fresca entre as pernas. Essa ele não dividiria com ninguém. E quando o menino de quinze anos volta do mercado e encontra as suas coisas em duas sacolas plásticas nos degraus de entrada, nem bate na porta para saber o que tinha acontecido ou para perguntar para onde deveria ir. Em vez disso, fica com outros garotos sem mãe em uma construção abandonada onde suas duas melhores camisas são roubadas e ele aprende a sempre manter o dinheiro consigo. Pede dinheiro, vende entulhos, rouba – e essa terceira opção vem tão naturalmente para ele que se torna a sua saída. Ele começa com coisas pequenas, furtando pessoas desavisadas e surrupiando produtos de bancas mal vigiadas no mercado. Ele aprende a forçar fechaduras, fazer ligação direta em carros, aprimorar sua mão leve.

A guerra chega quando ele tem vinte e um anos, e, enquanto as pessoas protestam na rua gritando "Biafra! Biafra!", ele começa a estocar produtos. Quando os produtos se tornam escassos, ele faz sua fortuna. Quando a comida se torna escassa, ele saqueia fazendas no meio da noite, que é como ele vai conhecer sua mulher, e é o motivo de Ezinma, atrapalhando-se com a chave na fechadura, não ver quem chega atrás dela: sua mãe aos vinte e dois anos, nunca bela, mas com a aparência saudável de alguém que nunca passou fome.

Sua mãe é uma garota audaciosa que pega mais do que lhe é oferecido. O ano é 1966, meses antes de tudo mudar, e ela está em uma festa de amigos dos seus pais, e lá há um homem com pele amarela como uma manga e mandíbula quadrada e corpo como o da estátua de Davi, e rico; as mulheres solteiras vestem suas armaduras (sorrisos encantadores, decotes robustos, personalidades convidativas) e vão à batalha. Quando ela sai vitoriosa, pensa que isso já era dela por direito.

A guerra chega quando eles já namoravam há quase um ano. O povo dela é leal à Biafra, e o povo dele pensa que Ojukwu é um tolo. Só a família dela comparece à festa de noivado. No dia seguinte ela passa pela casa dele e descobre que ele deixou o país.

A família dela logo é obrigada a fugir da cidade, logo é obrigada a trocar tudo que eles puderam carregar, logo é obrigada a mendigar, e pela primeira vez na vida, a comida se torna tão escassa que ela entra em fazendas à noite para roubar espigas de milho ainda não completamente maduras. Quando fervidas, elas ficam tão macias que ela as devora inteiras, não só os grãos. Numa noite ela encontra uma pequena fazenda escondida atrás de uma montanha e lá encontra um homem roubando os inhames que teriam sido dela. Não há como competir; ele está bem alimentado e forte, e mesmo que ela tentasse gritar só por despeito, ele conseguiria silenciá-la. Mas ele sinaliza para ela ficar quieta e lhe dá um inhame. E ela, sendo quem é, gesticula pedindo mais dois. Ele lhe entrega mais um e ela foge apressada. Na noite seguinte, ao retornar à fazenda, ele a está esperando. Ela senta ao lado dele e eles escutam os grilos e a respiração um do outro. Quando ele coloca o braço ao seu redor, ela se apoia nele e chora pela primeira vez desde a noite do seu noivado, há muitos meses. Quando ele coloca um inhame no seu colo, ela ri. E quando ele pega as suas mãos, ela pensa: eu valho três inhames.

Ela terá duas filhas. À primeira, dará o nome de Biafra, por despeito, como que para dizer: "Olha, Mãe, deposite suas esperanças em alguma outra coisa frágil". E a segunda recebe o nome da sua mãe, que a essa altura já tinha morrido sem saber que a filha a perdoara por ter escolhido o lado perdedor e chamara sua filha mais nova de Ezinma, que se atrapalha com a chave na fechadura e não vê quem chega atrás dela: a sua irmã, que todos chamam de Bibi, porque era absurdo uma criança ter o nome de um país que nem existe.

Bibi, linda de um jeito que a mãe nunca fora. Bibi, teimosa como a mãe sempre fora. Elas brigavam desde que Bibi estava na barriga, pesando tanto no colo do útero da mãe que uma corridinha leve podia tê-la empurrado para fora. De cama, a mãe de Bibi tinha passado a ressenti-la, e queimava tanto de raiva que a criança deveria ter fervido dentro dela. E três anos depois, Ezinma, bonita, sim, mas daquele jeito controlável que não ofende ninguém. Ela é um fantasma de Bibi, mais pálida no tom da pele e na personalidade, mas doce de um jeito que a irmã só é quando quer alguma coisa. Bibi a detesta. Não, a Ezinma não pode brincar com os brinquedos da Bibi; não, a Ezinma não pode andar até a escola com a Bibi e suas amigas; não, a Ezinma não pode pegar um absorvente, ela que junte um monte de papel e lide com isso. Ezinma cresce ansiando pelo afeto da irmã.

Quando Bibi tem vinte e um anos e seus pais estão tendo dificuldades para pagar as taxas da universidade, ela conhece Godwin, de pele amarela e mandíbula quadrada como seu pai, e se apaixona. Ela se apaixona ainda mais quando a mãe lhe diz para manter-se afastada. E quando a mãe continua, dizendo, Você não sabe como é esse povo, eu sei, e Bibi responde, Você só está brava porque eu tenho um homem melhor que o seu, a mãe lhe dá um tapa e este é o fim daquela conversa. Ezinma serve como intermediária, um papel para o qual ela foi empurrada desde a juventude, e conta para Bibi todas as novidades da família, mesmo que a mãe tenha exigido que Ezinma corte contato com a irmã.

E Godwin é melhor provedor do que o pai de Bibi, que agora é um comerciante modesto. Ele aluga um apartamento para ela. Ele empresta um carro para ela. Ele a cega com uma constelação de presentes, coisas que ela nunca antes tivera, como dinheiro para gastar e orgasmos. Na única vez em que ela fala de casamento, ele vai embora e ela não consegue contatá-lo por doze dias. Doze dias que esvaziam a sua conta bancária; doze dias em que ela fica sentada no apartamento que está no nome dele, e dirige o carro também no nome dele, e se pergunta o que há de tão precioso neste nome que ele não quer lhe dar. E quando ele finalmente retorna e a encontra fazendo as malas e agarra os cabelos dela, puxando, gritando que até isso era dele, ela é atingida... pelos seus punhos, sim, mas também pela percepção de que talvez a sua mãe estivesse certa.

A reunião não é carinhosa. O olho direito da Bibi está tão inchado que quase nem se abre, a boca da mãe está pressionada e elas não se olham nem se falam. O pai, que nunca pôde suportar a tensão entre as duas, pois trazia de volta memórias de sua infância turbulenta, aperta o ombro de Bibi e vai embora, e é aquela pressão gentil que traz as lágrimas. Logo ela está soluçando e o rosto da mãe ainda é uma pedra, mas é um rosto molhado que ela vira para que ninguém possa ver. Ezinma leva Bibi até o banheiro, aquele que elas dividiram e disputaram desde que aprenderam a falar. Ela a faz sentar na tampa do vaso sanitário e começa a limpar ao redor dos ferimentos. Quando ela acaba, eles ainda estão horríveis. Quando Bibi se levanta para examinar o rosto, elas duas aparecem no espelho. Eu ainda estou horrível, diz Bibi. Sim, é verdade, responde Ezinma, e logo as duas estão rindo, e no reflexo do espelho elas percebem, pela primeira vez, que têm exatamente o mesmo sorriso. Como tinham demorado tanto para perceber isso? Nenhuma delas sabe. Bibi está preocupada com suas coisas, que ainda estão no apartamento. Ezinma fala para ela não se preocupar, ela vai buscá-las. Por que você ainda é legal comigo? Bibi pergunta. Hábito, diz Ezinma. Bibi pensa sobre isso por um tempo e diz algo que nunca tinha dito para a irmã. Obrigada.

E então Ezinma se atrapalha com a chave na fechadura e não vê quem chega atrás dela: Godwin, que cresceu sob a indulgência corrosiva do pai. Godwin, tão desacostumado a ouvir um "não" que a palavra o atinge como uma onda de ácido, dissolvendo a decência superficial de uma pessoa que sempre consegue o que quer. Godwin, que quebrou seu violoncelo quando descobriu que o irmão mais novo conseguia tocar melhor, e é assim que ele acabou ali, observando Ezinma – que se parece tanto com a irmã de costas – se atrapalhar com a chave estranha na fechadura do apartamento de Bibi e não ver quem chega atrás dela: Godwin com uma arma, e o tiro que ele dá em suas costas.

Histórias de guerra

Desta vez minha mãe e eu estávamos brigando por causa do que eu tinha feito na escola para provar, sem sombra de dúvidas, que a Anita Okechukwu não estava usando sutiã. Que eu e a Anita estivéssemos no meio do pátio não tinha me incomodado, que houvesse meninos ao nosso redor não tinha me incomodado; mas a Anita Okechukwu é bem mais sensível do que eu.

– Nwando, você não pode sair por aí levantando a blusa das pessoas – minha mãe disse depois de fechar a porta para a Sra. Okechukwu, uma mulher de ombros e quadris largos e que inquestionavelmente precisava usar sutiã. A Sra. Okechukwu tinha exigido um pedido de desculpas e uma explicação, e minha mãe tinha as desculpas prontas, mas estava incerta sobre a explicação. Por isso ela me chamou até a varanda para que eu me explicasse. Eu queria contar a elas sobre como a Anita tinha criado o Clube das Meninas depois de jurar que o pai tinha enviado de Londres alguns sutiãs caros para ela, enfeitados com uma renda quase invisível e lacinhos delicados e polvilhados com pó de fadas, e sobre como ela tinha inventado uma regra de que somente meninas que usassem sutiã poderiam participar do Clube das Meninas, e sobre como se você não estivesse no Clube das Meninas você não poderia sentar na Área das Meninas e teria que brincar com os meninos. Anita confirmava quem era Menina acompanhando cada candidata até a parte de trás da escola para verificar se ela estava usando a roupa de baixo necessária. Elas reapareciam alguns minutos depois, a Princesa Sutiã seguida da sua mais nova dama de companhia.

Na briga para se tornar uma Menina, com amigas se emprestando roupas íntimas e candidatas rejeitadas tentando lidar com a amargura, ninguém tinha pensado em verificar se a Anita de fato tinha os sutiãs que ela havia nos mostrado em um catálogo.

As sobrancelhas erguidas da minha mãe perguntavam "E então?", e a Sra. Okechukwu me olhou com a cara franzida até minha defesa cheia de explicações se tornar apenas "Eu queria ver o sutiã dela". Minha mãe apertou o próprio nariz e a Sra. Okechukwu murmurou alguma coisa sobre garotas sem nenhuma educação em casa. Foi aí que minha mãe ficou brava. Eu percebi pelo modo como o seu ombro esquerdo se curvou para frente em um esforço para que a mão não formasse um punho, como seus lábios estavam tão apertados que desapareceram. Ela continuou sendo educada com a mãe da Anita, mas o seu olhar me esburacava.

– Espera até eu contar isso pro seu pai! – era o seu último recurso. Nesses momentos eu me tornava filha do meu pai, uma criatura confusa que com certeza tinha herdado alguma veia de insanidade de um dos seus antepassados *yeye*. Eu era um problema para ele resolver.

O jantar aquela noite foi a minha mãe mastigando de forma presunçosa enquanto eu tentava engolir o *garri* pelos lados do caroço na minha garganta. Meu pai não falou nada.

Enquanto minha mãe limpava a mesa, ele arrumou o tabuleiro de xadrez na varanda, um ritual esporádico que tinha começado alguns meses antes, quando havíamos nos mudado para Port Harcourt. Eu era substituta do Emmanuel, um velho amigo do meu pai, e tinha que me igualar a ele no xadrez e na troca de histórias, mas minha mãe se negava a me servir cerveja. Como eu era uma estrategista ruim, nunca fui um grande desafio, mas meu pai era um homem quieto que não fazia amigos facilmente, então eu servia.

– Então, o que é isso que a sua mãe me contou? – ele perguntou, me dando outra chance para me explicar. As palavras vieram fácil desta vez, e eu contei ao meu pai sobre a Anita e os sutiãs e as dinâmicas das meninas. Ele escutou sem me interromper, capturando meus peões conforme eu os movia pelo tabuleiro. Quando eu terminei, minha história ficou voando no ar entre nós. Então, ele começou a contar uma das suas histórias.

– Quando eu tinha a sua idade, o meu tenente...

– Você estava no exército quando tinha doze anos? – eu perguntei, sabendo que o meu pai tinha uma tendência a exageros. O Emmanuel costumava desafiá-lo, interrompendo meu pai com risadas e pedindo "A verdade! A verdade!". Agora que Emmanuel se fora, essa tarefa era minha, mas meu pai não sorriu.

– O tenente Ezejiaku era um homem duro. Eu me sinto mal por ele agora, porque ele estava rodeado de meninos e tolos e encarregado de criar um exército de homens. Ele nos acordava às três da manhã e nos fazia correr pelo quartel segurando nosso equipamento. Quando a gente reclamava, ele gritava "Você acha que os inimigos vão deixar vocês buscarem um carrinho de mão para carregarem suas coisas?". Às vezes ele acordava dois de nós aleatoriamente no meio da noite para executar treinamentos. A gente sempre brigava pra dormir nas camas que a gente achava que ele não escolheria.

– Você vai falar da vez em que ele confiscou a sua arma?

A história, que tinha a intenção de transmitir alguma lição de moral, era antiga e já havia sido contada pelo meu pai em diversos momentos durante minha curta vida. Eu a escutei quando roubei um batom da penteadeira da minha tia. Eu a escutei quando minha mãe descobriu que eu estava juntando formigas em um saco plástico para colocar nos cabelos de uma colega. Eu a escutei depois de entrar em uma briga com as crianças que disseram que meu pai era estranho, e de novo quando eu quis saber por que o Emmanuel não podia mais visitar a nossa casa, e de novo quando eu perguntei por que ele tinha feito o que fez. Meu pai nunca contava histórias que se passassem antes ou depois da guerra, como se ele tivesse nascido no quartel e morrido na noite da última batalha.

– Sim, e já estava na hora de ele confiscar minha arma, foi totalmente minha culpa. O tenente enfatizava o tempo todo a importância de mantermos nossas armas sempre ao nosso alcance e visíveis. Numa noite eu estava comendo ao redor da fogueira e deixei minha arma atrás de mim. Acho que foi aí que o tenente a confiscou. Eu entrei em pânico quando não consegui encontrar a arma, mas nunca imaginei que ele estivesse com ela. Eu e meus amigos fizemos um revezamento, para que enquanto uma unidade estivesse descansando, eu sempre tivesse uma arma. Isso durou três dias, até o tenente mobilizar todas as unidades ao mesmo tempo pra uma inspeção. Quando chegou a minha vez, ele olhou nos meus olhos e me entregou a arma. Eu nunca suei tanto na vida.

Meu pai deu uma risada áspera e alta, e então se aquietou, olhando para o tabuleiro. Ele ficou parado por tanto tempo que eu já não sabia se ele estava contemplando sua próxima jogada ou se essa era a gênese de mais uma das suas grossas camadas de silêncio, que minha mãe passaria os próximos dias descascando. Quando eu já estava pronta para buscá-la, ele moveu a rainha na direção do meu rei e continuou.

– Eu fui açoitado tantas vezes que as minhas costas pareciam purê de tomate. E aí eles me enterraram na areia por três dias. Depois disso, eu nunca mais tirei os olhos da minha arma. Xeque-mate.

No dia seguinte, eu fui recebida na escola como uma heroína. Meus colegas me davam tapinhas nas costas e eu logo fui rodeada pelas meninas que não tinham conseguido entrar no clube da Anita, e por algumas que tinham conseguido, mas queriam ser incluídas no novo regime. Expondo a Anita e cortando a cabeça da fera, eu tinha herdado meu próprio Exército de Meninas.

Durante a aula de vocabulário, a Sra. Uche pediu que nós

escolhêssemos uma palavra do dicionário para usar em uma frase. A pessoa que escolhesse a melhor palavra iria liderar a classe na reunião escolar no dia seguinte.

– Eu me sinto *luminosa* – eu disse, inebriada de poder.

– Pare de ser *detestável* – quem falou foi a Femi Fashakin, uma garota com a cintura larga e uma colônia de espinhas. Ela fazia parte do Clube das Meninas e não estava pronta para abandoná-lo. A Sra. Uche, já entediada com o exercício, interveio.

– Por que não perguntamos ao resto da turma? Turma, qual palavra é melhor: *luminosa* ou *detestável*?

Meu exército respondeu como um coral ensaiado.

– *Luminosa*! – e a Femi Fashakin foi colocada no lugar dela.

A coisa estava pior para a Anita Okechukwu. Ela não era popular antes da suposta aquisição dos sutiãs; sua única possibilidade de fama era o fato de que seu irmão caçula era albino, e ela não podia reivindicar nenhum crédito sobre isso. Mas ela tentava, e, por causa das suas conversas inacabáveis sobre um bebê de três anos, era vista como uma esquisita. Agora a reputação dela tinha caído ainda mais, com as meninas apontando para ela e rindo, o que já era esperado. O que eu não tinha esperado era que os meninos corressem atrás dela durante o intervalo e levantassem a sua saia, como se as minhas ações tivessem dado permissão a eles, como se por terem visto o seu peito descoberto, tivessem direito de ver o resto. Era uma expectativa infantil que a maioria não abandonaria mesmo depois que virassem homens.

No começo a Anita gritava e puxava a saia para baixo e corria atrás dos infratores, mas logo algo se quebrou e apesar de chorar, ela não tentava mais pará-los. Isso lhe valeu a reputação de ser fácil, que a assombraria até bem depois da infância.

Eu resisti ao impulso de andar até a Anita, e em vez disso fui até o grupo de meninas que aguardava meus comandos. Nós sentamos em um círculo, olhando umas para as outras. Eu estava sentada em uma caixa que antes fora usada para carregar refrigerantes. A Damaris Ndibe, que tinha se colocado como meu braço direito, arrastou uma garota mais nova e a posicionou na minha frente.

– Ela mentiu sobre o emprego que o irmão dela conseguiu – eu demorei um minuto para compreender que eu deveria consertar a situação, de alguma maneira. O incidente com a Anita tinha me transformado na fiscal justiceira do pátio da escola, mas eu tinha perdido meu apetite pela verdade.

Eu enrolei por um tempo.

– Qual é o nome do seu irmão?

– Emmanuel – ela sussurrou, e mesmo que não fosse o meu Emmanuel, algo no jeito que ela falou o nome, um gatilho na sua entonação, trouxe tudo à tona. A risada forte do Emmanuel, o jeito como ele bagunçava meu cabelo e colocava minhas tranças em um laço no topo da minha cabeça para que eu parecesse mais alta. O jeito como ele trocava histórias e ironias com meu pai. Seu humor cada vez mais sombrio, suas explosões de raiva, o choro que se seguia. Minha mãe me afastava de onde eu ficava ouvindo tudo escondida e me colocava na cama. Depois que o Emmanuel ia embora eu os ouvia discutindo, a voz exasperada da minha mãe dizendo "Não está tudo bem, Azike, ele não está bem. Eu não quero mais ele aqui". Mas na semana seguinte ele estava lá de novo e às vezes ele estava bem e às vezes ele não estava, e às vezes ele brincava com as minhas tranças e às vezes não, mas ele sempre estava lá. Até não estar.

Alguma coisa se coagulou no meu punho e ele começou a coçar, até virar uma dor aguda que eu não conseguia ignorar. Eu soquei o nariz da garota mentirosa.

A Damaris foi a primeira a me abandonar. Ela levou a garota ensanguentada e chocada, enquanto me olhava com desdém por sobre o ombro. As outras a seguiram, virando os olhos e sussurrando insultos. No fim do dia eu era uma rainha sem peões.

Minha mãe estava furiosa. Dessa vez não houve ameaças sobre contar para o meu pai, nem declarações jocosas sobre as características incorrigíveis que eu teria herdado da família dele. Ela me deu umas palmadas, algo que ela não fazia há anos. Foi estranho, tipo correr para trás.

Durante o jantar, que eu não pude comer com os meus pais, eu sentei em um banco da cozinha, acalmando os estilhaços de dor no meu traseiro com sonhos sobre como meus pais de verdade ficariam quando descobrissem como esses guardiões temporários tinham me tratado. Eu tentei muito não pensar na garotinha e no nariz dela, como ele tinha se quebrado sob meu punho. Eu tentei muito não pensar no Emmanuel e em como ele tinha sido encontrado pela irmã com quem ele morava, pendurado no ventilador de teto. Quando eu escutei a notícia pela primeira vez, antes de todo o peso me atingir, eu tinha me perguntado em voz alta se as pernas dele ainda estavam se mexendo, como as das galinhas que minha mãe enforcava usando toalhas molhadas. Minha mãe tinha me olhado de um jeito estranho. Eu tentei não pensar nisso.

Nos dias que se seguiram à morte do Emmanuel, meu pai se embrenhou mais e mais profundamente na estranheza que sempre o havia acompanhado. Sua morosidade crescente, suas explosões de raiva ou alegria, os silêncios profundos que o acometiam, tão pesados que minha mãe forçava e forçava até eles caírem. Quando apareceu uma chance de ele ser transferido para a filial da petroleira que ficava em Port Harcourt, meus pais aceitaram a oferta, na esperança de que a distância ajudasse.

Dessa vez, meu pai não perguntou por que eu tinha feito o que fiz, e ainda bem. Ele arrumou o tabuleiro de xadrez e começamos a jogar. De vez em quando minha mãe passava na frente da porta, os sapatos marcando a raiva no piso. Meu pai levantava os olhos todas as vezes, mas a ignorava. Ele estava tão distraído que eu consegui colocar a rainha dele em uma situação complicada.

Ele parou, inclinou-se para trás e descansou a cabeça nas mãos. Essa posição me era familiar. Eu sabia que ia escutar mais uma das suas histórias reais de guerra.

– A gente estava perto de uma vila pequena nos arredores de Enugu, onde a única coisa que valia a pena ver era a autoestrada de concreto que passava pelo meio das casas. Durante o dia era quente o bastante para queimar a pele, mas de noite esfriava. Era aí que as cobras apareciam. Dezenas. Elas se enrolavam no concreto, que ficava quente do sol até tarde da noite.

Ele levantou a sua rainha e a acariciou. Quando a minha mãe passou de novo, ele estava distraído demais para perceber.

– Enquanto as cobras dormiam, o Emmanuel andava na ponta dos pés até uma delas, passava o rifle pelo topo da espiral e atirava na cabeça. O corpo ficava se remexendo por uns dois minutos, e parava. Então o Emmanuel trazia a cobra para a nossa barraca e a cozinhava. E o cheiro, o cheiro me embrulhava o estômago. Ele ria de como eu ficava enjoado, mas eu escolhia dormir lá fora em vez de comprar briga.

– Eu imagino que o tenente Ezejiaku não ficava contente com isso – eu tinha me afeiçoado ao tenente, que eu imaginava ser como um pai para o meu pai.

– Ele não se importava, até o momento em que o Emmanuel passou dos limites. A gente estava caminhando uma noite e lá, enrolada na calçada, estava a maior cobra que eu já vi. Sério, ela era mais larga do que minhas duas pernas juntas. O Emmanuel foi silenciosamente até ela e atirou na cabeça, como ele sempre fazia. A cobra ficou enfurecida. Ela mordia e se virava tão violentamente que acabou saindo da estrada e entrando no mato. Ela chegou até a destruir uma das cabanas. Toda vez que ela se aquietava, o Emmanuel chegava perto, e ela sentia a presença dele e começava a se mexer de novo. Na manhã seguinte, o tenente veio até a nossa barraca e arrastou o Emmanuel pra fora pela orelha. Ele apontou para um grupo de habitantes da vila, que não estava muito longe. Ele disse: "Eles querem você. Você tem matado os deuses deles, e eles querem que eu entregue você para ser julgado".

Meu pai ficou em silêncio. Ele capturou meu bispo.

– Eu nunca tinha visto o Emmanuel tão quieto. Ele só disse uma coisa: "Por favor". O tenente Ezejiaku disse que se mais uma cobra morresse, ele entregaria o Emmanuel para os moradores da vila e fingiria não ver o que fizessem com ele. Durante o dia, um amontoado de pessoas se formou ao redor de onde a cobra estava. Ninguém tinha coragem de chegar perto o bastante pra tocar nela. Finalmente, um menino sem camisa correu até ela com um graveto. A mãe dele gritou pra ele voltar. Ele ignorou, do jeito que meninos ignoram as mães, e cutucou a criatura. Num piscar de olhos, a cobra se enrolou tão fortemente ao redor do menino que o peito dele ficou roxo. Ele tentou escorregar pra fora do animal, como se fosse um par de calças muito justas. Morreu em segundos. Demorou quatro dias pra cobra morrer e eles poderem enterrar o corpo dele.

Havia algo nos olhos do meu pai, na voz dele, como se ele não tivesse tido a intenção de contar tanto da história, como se, talvez, ele tivesse esquecido que era assim que ela acabava.

– E o que aconteceu com o tenente? – eu perguntei, querendo mais uma história para apagar essa.

– Ele morreu, Nwando. Todos eles morreram.

– Como é que você não morreu?

– Porque – ele disse – quando chegou a hora, eu corri.

Meu pai tomou um gole de cerveja e olhou para o tabuleiro. O seu próximo movimento era óbvio, minha rainha estava exposta ao cavalo e à torre dele. Mas ele não se moveu, e eu percebi que ele havia sido coberto pelo véu. Minha mãe, que tinha parado na porta para escutar, entrou e me recolheu. Ela me guiou até meu quarto e me sentou na cama. Eu fui para baixo das cobertas ainda completamente vestida. Ela acariciou minha cabeça e começou a me contar uma história dela, sobre quando ela era uma menina e a prima dela encontrou uma colônia de cupins em um tronco de árvore e a polpa era tão líquida que elas mexeram como se fosse sopa. Eu escutei com todos os átomos do meu corpo e ela animou a história com tudo que tinha.

Descontrolada

Dois meses antes do meu primeiro semestre na universidade de Emory – dois meses que eu pensei que passaria chapada no porão da Leila, cantarolando músicas antigas – minha mãe sabotou meus planos de verão com uma passagem só de ida para Lagos e a promessa de só comprar a passagem de volta quando eu merecesse. Ela já tinha arrumado uma mala e me entregou meu passaporte, que ela tinha surrupiado do meu quarto na semana anterior, junto com a passagem, sem me dar chances para pedir explicações. Meu voo saía em quatro horas.

– Pra mim, chega. Ou você vai ficar com sua Tia Ugo, ou trabalhar na clínica comigo, sem amigas, sem visitas, sem nada. Você que sabe, mas já chega.

O "chega" tinha começado com atitudes bobas de adolescente que, intensificadas pelo resplendor angelical da Chinyere, minha prima bem-comportada, tinham me transformado numa garota muito má. Foi um azar o meu primeiro beijo – com o Bartholomew Fradkin, que nem deveria estar no meu ano, mas que tinha repetido uma vez no jardim de infância e outra vez no terceiro ano – ter sido testemunhado por nada menos do que quatro professores e três alunos. Isso resultou em uma epidemia de rumores que me rendeu um sermão da minha mãe – "Você não é como essas garotas *oyinbo*, você não pode fazer o que quiser com o seu corpo" – e a reputação injusta de ser meio que uma puta.

"Chega" foi quando a minha mãe estava com dor de cabeça e encontrou o ecstasy que eu, me achando muito esperta, tinha escondido no pote de aspirinas. Voltei para casa e ela estava rolando no carpete. Eu me juntei a ela e nós rimos e rimos até ela ficar sóbria e parar de rir.

Ou quando eu fui suspensa por chamar minha professora de Debates e Atualidades de vaca fascista porque ela se negou a me deixar argumentar a favor do direito ao aborto, uma questão sobre a qual eu nem tinha opinião formada até me negarem a possibilidade de defendê-la. A suspensão durou uma semana e meia e aquela vaca fascista marcou um teste por dia enquanto eu estava fora, o que baixou 0,07 pontos da minha média, o bastante para que a Emily Gleason (sobrinha da vaca fascista) fosse a oradora da turma em vez de mim. Quando minha mãe descobriu, ela berrou comigo por uma hora falando sobre responsabilidade e dedicação e todas as pessoas responsáveis e dedicadas que tinham me dado a oportunidade de estar ali, começando com meu bisavô, um simples pastor de cabras, que sem dúvidas estava se revirando no túmulo e chorando, e terminando com meu pai, que Deus o tenha.

– Sabe, me falaram pra te bater.

– Quem?

– Todo mundo. Falaram que como você está sendo criada sem pai e ainda por cima nos Estados Unidos, se eu não te batesse, você ficaria descontrolada. E eu não escutei.

– Bom, você vai começar agora? – minha mãe era uma mulher pequena que carregava todo o seu peso na personalidade. Eu tinha oito centímetros e sete quilos a mais do que ela. Seria difícil.

Ela só balançou a cabeça, com um meio sorriso desamparado que perguntava de quem era essa filha. Era uma expressão que eu já tinha visto várias vezes.

– Desculpa?

– Isso é por causa daquela garota – ela disse, ignorando meu pedido de desculpa.

"Aquela garota" era a Leila, minha melhor amiga desde o oitavo ano. No princípio, nossa amizade tinha sido só conveniente, companheirismo forçado pelo fato de sermos as únicas não brancas – e estrangeiras – do nosso ano. Mas no fim daquele ano a mãe da Leila morreu, e o fato de que cada uma de nós tinha perdido um de nossos pais – o meu num acidente de carro, a dela para o câncer – nos aproximou. Minha mãe gostava da Leila no início, porque ela preferia que eu fizesse amizade com outros imigrantes. Depois que a mãe da Leila morreu e ela começou a se rebelar, minha mãe continuou sendo cordial, mas tentou me afastar. – Não tem nada de errado com a Leila. Não tem nada de errado comigo. Não tem nada de errado com nada. Tá tudo bem, mãe – minha mãe jogou as mãos para o ar e a discussão acabou, como muitas antes, com a sua resignação exasperada.

Ou foi o que eu pensei.

Agora, duas semanas depois, minha mãe me levou para o aeroporto num silêncio tão pesado que perfurava minha pele. Ela tinha ameaçado me mandar para a minha tia tantas vezes que eu já nem levava a sério, mas acho que a coisa de ser oradora da turma foi a gota d'água. No aeroporto ela se acalmou o bastante para me dar alguns conselhos – não aceite nada de estranhos, fique no seu portão de embarque para não perder o voo –, mas eu respondi monossilábica, irritada demais para conseguir proferir qualquer outra coisa.

– A Chinyere vai buscar você no aeroporto. Por favor, se comporte. Te amo.

De cara eu já notei que não era o que ela esperava, uma prima americana descontrolada. Eu estava usando jeans largos, uma regata e camisa de flanela, que foi útil dentro do avião gelado, mas que agora eu tinha amarrado na cintura para driblar o calor de *naija*. Eu fui, como sempre, decepcionante. Minha mãe estava sempre reclamando das minhas roupas, as calças largas e as camisetas masculinas demais para o gosto dela. Mas eu sempre me vesti de modo confortável, sem me importar muito com a minha aparência.

Chinyere se vestia com estilo e era muito mais magra do que eu esperava, mas sem as pontas ossudas que tinham me rendido o apelido de "Pernilonga" na adolescência.

– Chinyere.

– Ada, bem-vinda.

Minha mãe adorava falar da Chinyere para fazer eu me comportar direito. A Chinyere era uma moça tão doce; a Chinyere frequentava a igreja, por que eu não ia também; a Chinyere era tão obediente. Mesmo depois do que ela fez, os sermões continuaram. A Chinyere era tão gentil, sabe, e ligava para minha mãe de quinze em quinze dias, aos domingos, entre as três e as quatro da tarde, só para conversar. Nós nunca seríamos amigas.

No carro dela, um Toyota de duas portas, moderno, mas empoeirado, meu celular apitou ao se conectar a uma rede. A Chinyere estendeu a mão.

– Você pode me emprestar? Só pra fazer uma ligação rápida.

– Não sei, minha mãe disse que seria caro e que era pra comprar um celular aqui e só usar este em caso de emergência.

A Chinyere não insistiu, mas o clima entre nós ficou hostil. Depois de alguns minutos paradas no engarrafamento, eu dei de ombros e voltei atrás.

– Aqui, mas seja rápida – eu disse, entregando o telefone, mas ela nem me olhou.

Nós estávamos na ponte continental quando ela estendeu a mão de novo, e dessa vez eu dei o telefone. Ela falou animadamente com a mulher que atendeu, dizendo a ela que ligasse para o meu número se quisesse conversar, e comentando que agora que a prima dela estava aqui a mãe dela ia ter que deixar ela sair de vez em quando, e então elas poderiam se encontrar. Depois de desligar, a Chinyere explicou que a mãe dela não a deixava mais ter um celular, e que ela não estava podendo sair nem fazer nada.

– Entendi – parecia que não nos divertiríamos muito.

Quando chegamos em casa, a Tia Ugo – uma versão mais alta e larga da minha mãe – veio correndo nos receber e me abraçou.

– Olha você, uma mocinha. E que alta! Acho que isso você herdou do seu pai – ela disse que o marido dela estava em Abuja e não voltaria até a semana seguinte, mas que ele estava ansioso para me ver. Então me contou tudo sobre pessoas das quais eu não lembrava, tagarelando sobre quem estava fazendo o que e como minha mãe tinha ficado orgulhosa quando eu fui aceita para a Emory e como eu devia estar animada. Ela nem olhou para a Chinyere, que vinha atrás de nós com a minha mala.

Depois de mais uns minutos de conversa, a Tia Ugo foi terminar o jantar, me indicando o quarto de hóspedes no andar de cima. Na parede da escada, várias fotos da Chinyere quando criança, sozinha, com os pais, comigo na última visita que eu tinha feito, aos treze anos. As fotos pararam uns dois anos depois disso, e não tinha nenhuma do bebê.

No meu quarto, encontrei a Chinyere mexendo na minha mala, puxando blusas e vestidos e os segurando na frente do corpo.

– É tudo novo. Você fez compras pra viajar?

Eu olhei para a mala. Nada de flanela ou jeans. Sem dúvida, minhas camisas e calças já estavam sendo selecionadas em algum brechó, ou talvez estivessem pegando fogo na nossa lareira.

– Argh, minha mãe deve ter feito. Não é assim que eu me visto – eu passei os dedos pela borda de uma malha preta que tinha dobras e camadas e babados. Era tão bonita que eu fiquei com raiva. – Pode ficar pra você, se quiser.

– Eu tenho minhas próprias roupas.

– Beleza.

– Beleza.

A Tia Ugo nos chamou.

Na cozinha, ela operava várias panelas enquanto dava instruções para a empregada, Madeline, sobre o que comprar, mencionando comidas que ela lembrava que eu gostava mesmo depois de tantos anos. A Madeline estava segurando um bebê e ele estava puxando os botões da blusa dela.

– Chi-Chi, cuida do seu irmão – a Tia Ugo disse, e pelo ritmo do pedido eu percebi que ele era usual. O menino tinha um ano de idade, olhos grandes e era bem fofo. Minha mãe tinha me avisado para acompanhar o fingimento em público, mas eu não achava que mesmo na privacidade de casa nós fingiríamos que o bebê não era filho da Chinyere. A Madeline o entregou para a Chinyere e os dois saíram do cômodo, me deixando sozinha com a minha tia. Eu não sabia como quebrar o silêncio depois de vê-la sendo tão casualmente cruel. Mas ela sabia muito bem.

– Sabe, nós fizemos tudo por aquela garota, tudo. As melhores escolas, o melhor de tudo – ela provou a sopa e adicionou tempero, sacudindo tanto o pote que aceitei que o jantar seria meio salgado demais. – Mas vocês crianças, vocês não sabem de nada.

Ela falou igualzinho a minha mãe, e eu sabia que, se não interrompesse, o sermão ia continuar até eu ter que cortar os pulsos só para ela ter algo para limpar e... Parar... De... Falar.

– Estou cansada – eu disse.

– Ai, desculpa, querida. Vai deitar. A Chinyere te chama quando a comida estiver pronta.

Em vez de me esconder no quarto de hóspedes, eu fui para o da Chinyere, onde a encontrei deitada na cama enquanto o bebê engatinhava pelo chão sacudindo um pente. Ela levantou a cabeça quando eu entrei, depois voltou a provocá-lo com uma vela apagada. Quando ele soltou o pente, ela pegou-o e escondeu debaixo do travesseiro. Ele agarrou a vela e golpeou o ar com ela antes de oferecê-la a mim, sorrindo.

– Não pegue, se não ele vai procurar o pente de novo – ela disse.

O menino logo cansou de esperar eu aceitar o presente e se esticou para puxar as tiras neon do meu chinelo.

– Ele gosta de você – ela parecia não gostar disso. Ou de mim.
– O que eu posso fazer? Eu tenho jeito com jovens bonitões. E não é que você é um bonitão? Não é que você é deliciosamente bonitão? – o menino deu um gritinho e uma risadinha e eu o peguei no colo e fingi morder os seus braços e a sua barriga. Quando eu parei, ele aninhou a cabeça no meu pescoço.
– Ele deve estar cansado – disse a Chinyere. – Dá ele pra mim.

Ela levantou, arrancou-o do meu colo e colocou-o no colchão que ela tinha acabado de abandonar. Há uma semana, seria difícil acreditar que eu apreciaria o peso de uma criança ou que ficaria imensamente satisfeita ao senti-la agarrar minha camiseta quando a mãe tentasse puxá-la. Eu sempre tinha pensado em bebês como entidades amórficas que às vezes cheiravam a talco, às vezes a cocô, e com as quais eu não precisaria me preocupar por pelo menos uma década. Mas a Chinyere tinha dado à luz com a mesma idade que eu tinha agora.

– Minha mãe também está brava comigo – eu disse, tentando estabelecer alguma conexão.

– A mãe dela – ela imitou minha pronúncia, mal – fica brava e compra roupas pra ela.

– Não é assim.

– Hum? Como é, então?

Eu não quis explicar – nem saberia por onde começar, então fui para o meu quarto. Vasculhei a mala à procura de qualquer coisa que fosse minha, mas até os pijamas eram novos. Vesti a malha preta bordada. Era tão bonita quanto imaginei que seria. Peguei meu telefone na bolsa.

Minha prima é uma vaca, eu digitei, e enviei para a Leila. Ela respondeu uns minutos depois.

É, ouvi dizer que a sua mãe mandou você de volta pra África.
Me manda umas fotos de mulheres sem blusa!

Eu ri. O Derek Colvin e os outros caras do time de futebol chamavam a Leila de Lésbica Libanesa porque ela se recusava a ficar com qualquer um deles. E, sendo do jeito que era, ela entrava na brincadeira.

> Isso aqui é uma mensagem de 10 dólares só pra dizer que você é uma idiota. Eu não quero ficar aqui. Vou tentar fazer minha mãe se sentir culpada e me pagar um hotel.

E como se estivéssemos em uma peça de teatro perfeitamente sincronizada, meu telefone latiu. Era o toque que eu tinha programado para a minha mãe quando estava brava com ela – um cachorro latindo.
– Oi, mãe.
– A sua tia disse que você chegou há quase uma hora. Você devia ter me ligado, ou ao menos mandado uma mensagem pra eu ligar.
– Desculpa. Fiquei conversando com a Chinyere e me perdi no tempo.
– Que bom. Tomara que ela seja uma boa influência pra você.
– Hum, duvido, considerando o bebê e o namorado casado.
Minha mãe ficou quieta.
– Mulheres solteiras com filhos não são pessoas ruins.
Eu me sentei, repreendida.
– Desculpa – falar do hotel seria impensável agora.
– Você gostou da minha surpresa?
– Estou vestindo uma das suas surpresas. Pareço uma vagabunda.
– *Chineke*, Ada, vai me fazer engasgar com a comida – ela estava rindo. – É que você normalmente anda por aí parecendo um menino. Logo você se acostuma.
Eu não tinha percebido como estava brava com ela até não estar mais. Eu queria contar sobre a Tia Ugo e a Chinyere, sobre como parecia que elas iam explodir a qualquer minuto, e sobre como nós nunca tínhamos sido daquele jeito, mesmo nas nossas maiores brigas.
– Obrigada.

— Ah, eu estava esperando por isso! Eu coloquei na sua mala um pacote pra Tia Ugo e pro seu tio. Tem um perfume pra Chinyere e uma lembrancinha pra empregada. Tenho certeza que a sua tia vai achar uns programas legais pra vocês.

O programa que minha tia arrumou foi uma festa beneficente de uma escola particular frequentada, basicamente, pelas crias da elite local. Não estava nem perto da farra que tinham me prometido, mas era um jeito de sair de casa e cumprir a exigência da Tia Ugo de que ninguém ficasse grávida. A gente só podia ir se levasse um celular – o meu – e prometesse atendê-lo em até, no máximo, dois toques. Se não, a gente ia ver. O convite prometia entretenimento e bebidas, e isso parecia o bastante para a Chinyere. Ela vestiu um vestido preto meio curto e se maquiou tão profissionalmente que ficou parecendo uma pessoa diferente, glamorosa. Eu escolhi um vestido azul da coleção que minha mãe tinha enviado e tive que admitir que, em se tratando de roupas, minha mãe sabia o que estava fazendo. Depois de assistir enquanto eu me atrapalhava com um tubo de rímel, a Chinyere foi buscar um arsenal de tubos e pincéis, me sentou na beirada da cama e começou a trabalhar. Ela não disse nada além de "feche os olhos" e "aperte os lábios", e terminou em dez minutos. O espelho mostrava aquela moça arrumada que minha mãe estava sempre procurando. Eu parecia uma promessa cumprida.

— Você pode tirar uma foto minha? – era o único agradecimento que Chinyere precisava, e ela sorriu ao tirar uma foto com meu telefone. Eu deixei que ela ficasse com ele, porque não queria levar uma bolsa, e imaginei que ela gostaria de fazer mais uma ligação clandestina quando estivéssemos fora de casa. Mas não era o único favor que ela queria.

— Você precisa fazer uma coisa por mim. Pede pra minha mãe se podemos pegar o carro dela emprestado – ela atropelou minha resposta. – Eu pegava emprestado o tempo todo, antes. Eu posso dirigir, você só precisa pedir, se não ela vai dizer não.

Parecia um pedido inofensivo.

– Tá. Mas daí estamos quites.

– Beleza.

– Beleza.

Na cozinha, a Tia Ugo ficou olhando para a Chinyere enquanto eu pedia o carro e continuou olhando para ela enquanto eu inventava histórias sobre por que isso era crucial – nós estávamos tão elegantes, o carro também deveria ser elegante.

– De novo, Chi-Chi? Fazendo as pessoas mentirem por você? – antes que a Chinyere pudesse responder, a Tia Ugo jogou as chaves nela. – *Oya*, pega. Mas essa é a última vez.

A Chinyere saiu da cozinha, deixando para mim a tarefa de agradecer minha tia e sair correndo antes que ela fizesse algum último comentário desanimador. No carro, a Chinyere estava com a testa apoiada no volante da Mercedes da mãe dela, os nós dos dedos tensos. Eu pensei em como seria se minha mãe me desprezasse, se a decepção fosse o núcleo da nossa relação. Eu pousei uma mão desajeitada no ombro da Chinyere, e ela permitiu que ficasse lá.

Então me afastou.

– Vamos – ela estava sorrindo agora, animada com a liberdade, e eu acabei entrando na onda.

O evento beneficente aconteceu num centro de convenções localizado na ilha. Os fotógrafos tiraram fotos quando entramos, nos dizendo para virar para um lado e para o outro, mas a Chinyere agarrou minha mão antes de eu parar e balançou a cabeça, me puxando para o salão.

– Ninguém importante para e posa para fotos.

– E nós somos importantes?

– Não, mas o ponto é fingir.

Tinha algumas jovens da nossa idade, todas vestidas de forma parecida – as *hostesses* do evento. A mulher mais velha, que examinava os convites, virou os olhos para nós, verificando os nossos duas vezes. Não parecia que a gente ia doar nada.

Cabiam oito pessoas na nossa mesa; só as nossas cadeiras estavam vazias. A mulher na nossa esquerda estava vestida com um vermelho que, infelizmente, era o mesmo da toalha. Ela sorriu para nós daquele jeito afável e nostálgico que as pessoas mais velhas só usam com quem é bem mais novo. Um garçom parou na nossa mesa.

– Branco ou tinto?

A Chinyere piscou para mim e examinou os rótulos com um olhar experiente.

– Tinto, por favor. E deixe a garrafa.

Depois de duas taças, tínhamos virado melhores amigas. Vasculhamos as nossas sacolinhas de cortesia e encontramos um pequeno relógio com o brasão da escola e panfletos que mostravam rostinhos encantadores legendados com seus planos para o futuro. A Chinyere riu e apontou para um cara a duas mesas de distância que ficava me olhando. Toda vez que eu olhava para ele sem querer, o sorriso dele aumentava. Na mesa ao lado da dele, havia um grupo de mulheres mais velhas reunidas como pássaros, vestindo roupas tradicionais em cores vivas. Uma ficava olhando para a Chinyere, mas quando eu contei para ela, ela ficou quieta e se recusou a olhar de novo na direção da mulher. Quando um dos nossos companheiros de mesa levantou uns minutos depois, a mulher sentou na cadeira dele antes mesmo de esfriar.

– Ora, Chi-Chi, querida, quase não acreditei que era você. Como está o seu… irmão?

A Chinyere ficou dura.

– Meu irmão está bem, ele está com a minha mãe.

– E como ela está? Fico surpresa de não a ver aqui hoje à noite, ela ama esses eventinhos, não é?

Quando a Chinyere não respondeu, ela tentou ir por outro caminho.

– Por que você não levanta e me deixa ver esse vestido, Chi-Chi, querida?

A Chinyere hesitou, empacada em algum lugar entre o respeito e a vergonha. Ela levantou e quis logo sentar, mas a mulher sinalizou.

– Dê uma voltinha, quero ver as costas.

A Chinyere hesitou novamente. A batalha era da sua mãe, não dela, mas como normalmente acontece nesses casos, ela foi um dano colateral.

– Por que você não dá uma voltinha? – eu disse para a mulher. – Eu adoraria descrever a sua roupa para a minha mãe. Eu não sabia que esse tecido ainda estava na moda – a mulher olhou para mim e a sua boca tremia, não sei se por achar graça ou por estar com raiva, e então olhou de volta para a Chinyere, que tinha aproveitado a distração para sentar.

As duas taças e meia de vinho que eu tinha bebido giravam no meu estômago, prontas para conjurar mais impertinências.

– Porque eu poderia jurar que vi uma foto da minha avó usando essa mesma roupa. Nos anos sessenta.

Alguém da mesa riu, mas a mulher não tirou os olhos de mim.

– Meu nome é Grace Ogige – a mulher disse, como se eu devesse conhecer aquele nome. – Quem é você?

– Eu sou prima dela.

Grace Ogige fez umas contas de socialite na cabeça – 1 alpinista social + x = quem é a mãe dessa criatura desbocada – e sorriu.

– Ah, a irmã nos Estados Unidos. Eu conhecia seu pai, sabe. Nós éramos ótimos amigos – um soluço na voz dela sugeriu que tinham sido mais do que isso. – Ele era um homem de fé, de uma boa família.

Eu assenti, sem saber como responder. A minha mãe raramente falava do meu pai, a não ser quando me dava sermões sobre desapontá-lo. A mulher me encarou por uns minutos, então passou uma mão trêmula pelo próprio pescoço, sua confiança começando a fraquejar.

– É uma pena que ele tenha se envolvido com o tipo de gente errada. Ele poderia estar vivo.

— Ele morreu num acidente de carro. Não teve "tipo de gente errada".

Sobrancelhas elevadas ao redor da mesa ecoavam o que a vozinha da sanidade, aquela se debatendo no álcool dentro da minha cabeça, estava tentando me dizer: cala a boca.

— Claro que não. É só engraçado que ele tenha morrido tão rápido e deixado todas as propriedades de família para os parentes da esposa. Não é assim que se fazem as coisas aqui. Tenho certeza que, para a sua mãe, é mais confortável estar nos Estados Unidos.

Ela disse tudo isso como se estivesse esperando por esse momento, como se tivesse ensaiado o que ia dizer para a minha mãe se elas se encontrassem novamente. Não importava que eu não fosse ela. Isso era o mais perto que ela chegaria de machucar a minha mãe.

Toda a mesa estava em silêncio agora, e eu me arrependi de ter tirado o foco da Chinyere. Mesmo que minha mãe tivesse herdado algumas propriedades fora do país, os irmãos do meu pai tinham contestado o direito dela sobre os negócios dele na Nigéria, e eles tinham disputado legalmente por cinco anos, até os meus sete anos. O pai da Chinyere administrava o pouco que minha mãe tinha conseguido manter – a fábrica de garrafas, alguns pedaços de terra – e exercia alguma influência. Os irmãos do meu pai tinham retido a maior parte das suas propriedades nigerianas, apesar do testamento. O vinho se tornou amargo no meu estômago.

— Bem. Aproveitem a comida, meninas. Eu emprestei meu chef para este evento, então sei que será excelente.

Inadvertidamente, tomei mais um gole de vinho.

— É, bom, você com certeza parece aproveitar o seu chef.

A mesa ficou ainda mais quieta, se isso for possível.

A mulher me encarou por um longo minuto.

— E qual é o nome do filho dela? – ela apontou para a Chinyere.

Eu respondi rapidamente, a prudência enfraquecida pelo vinho, na ânsia de retornar o insulto que eu esperava ouvir.

— Jonathan.

A mulher nos deu um sorriso largo e astuto, suas suspeitas confirmadas. As mãos dela ainda tremiam – de vitória agora, ou animação – quando ela levantou e se juntou ao seu bando. As outras mulheres se aproximaram dela e lançaram olhares na nossa direção, algumas escondendo seus sorrisos com guardanapos, outras rindo abertamente.

A Chinyere cravou os dedos tão fundo na minha perna que eu tive certeza que estava sangrando. Ninguém na mesa nos olhava. Eu não chorava desde que a Leila tinha passado um mês sem falar comigo porque eu disse que achei que o memorial anual que ela fazia para a mãe dela era um pouco exagerado. Antes disso, eu tinha sete anos e estava num avião que nos levou para longe da Nigéria. Metade das minhas lágrimas tinham sido imitação das da minha mãe, e o resto por amigos deixados, rapidamente esquecidos. Eu estava com vontade de chorar agora. A Chinyere arrastou a cadeira para trás, pegou sua bolsa e foi embora. Eu fiquei lá sentada, perdida. Olhei para a mulher que tinha arruinado mais do que a nossa noite e ela parecia já ter superado tudo, estava rindo e dissimuladamente acariciando a barriga de um homem que estava apoiado nela, sem dúvida fazendo piadas sobre a comida. Alguém tocou na minha mão. A mulher de vermelho. Ela falou com uma voz baixa e preocupada.

— Acho que você deveria ir atrás dela.

Eu peguei as sacolinhas de cortesia que a Chinyere tinha esquecido.

— Aqui, leve a minha também – ela disse, como se um terceiro relógio pudesse voltar o tempo e desfazer a catástrofe.

Eu agradeci e saí, sentindo os olhares das pessoas, mas sem coragem de levantar a cabeça.

No elevador, comecei a tremer. Cruzei os braços e agora só meus lábios tremiam. Eu sempre tinha me visto como esperta e madura, fumando no porão da Leila, beijando garotos em lugares escondidos, manipulando a minha mãe com minhas sacadas inteligentes. Eu nunca tinha me sentido tão criança quanto naquele momento.

O elevador abriu. Uma pequena multidão tinha se juntado na entrada. Chinyere não estava entre as pessoas. Eu fui para o lado de fora, alguns fotógrafos tentaram chamar minha atenção balançando fotos tremidas minhas e da Chinyere, para as quais não tínhamos posado. Eu fui até onde havíamos estacionado e andei pelo pequeno estacionamento duas vezes até aceitar que não, eu não tinha errado a vaga: o carro não estava lá. A Chinyere tinha me deixado.

Senti o pânico inchando na minha barriga conforme andava de volta para o centro de eventos. Lá dentro, eu parei uma das *hostesses* de vermelho e perguntei se ela tinha um telefone que poderia me emprestar. Ao ver sua expressão desconfiada, expliquei minha situação (abandonada) sem me aprofundar no motivo (eu sou um desastre ambulante) e ela acreditou em mim, provavelmente devido ao meu sotaque americano e meu pânico evidente. Ela olhou para os dois lados e tirou um pequeno celular do decote. Só quando eu já estava com ele na mão foi que percebi que eu não lembrava de nenhum número nigeriano.

Merda. Disquei meu número na esperança de a Chinyere atender, mas só chamou e chamou até eu ouvir minha voz me pedindo para deixar um recado. Eu respirei fundo e escrevi uma mensagem.

> Chinyere, é a Ada, por favor ligue para este número, por favor, eu sinto muito.

Enviei a mensagem e então lembrei do que a Chinyere leria se decidisse olhar minhas outras mensagens – "Minha prima é uma vaca" e até coisas piores – e comecei a chorar.

A *hostess* tinha voltado aos seus afazeres, mas ficou por perto para poder me vigiar. Eu olhei para o outro lado, com vergonha por estar chorando, e me encostei num pilar decorativo com minhas costas voltadas para a entrada. Então, liguei para a Leila, que sempre sabia o que fazer.

– Alô?

– Oi, sou eu. Eu sou uma idiota, nossa, realmente caguei tudo.

– O que você fez agora?

Eu só tinha contado um quarto da versão resumida da história quando o telefone apitou e a ligação foi cortada porque os créditos tinham acabado. A *hostess*, que estava tentando fazer contato visual, se aproximou, sorrindo.

– Conseguiu falar com a sua prima?

– Sim – eu respondi, resistindo ao impulso de arrastá-la para o drama que orbitava ao meu redor. Eu entreguei o telefone e me senti aliviada quando ela simplesmente o colocou de volta no decote sem ver a mensagem que com certeza já havia chegado dizendo que o telefone estava sem créditos.

Acho que eu estava parecendo tão desconfortável quanto me sentia, desamparada, com o pilar como minha única companhia, porque todo mundo ficava me olhando. Depois da terceira vez em que um cara acenou e levantou o copo para mim, eu percebi que eles pensavam que eu era uma garota de programa de luxo avaliando as possibilidades. Comecei a enxergar os olhares como o que eles realmente eram. "Isso aqui é um evento beneficente para crianças", seus olhares diziam, "será que essa *ashewo* não podia encontrar outro lugar para levantar as saias?".

Eu voltei para o lado de fora e fiquei parada logo na entrada, um pouco à direita. A Chinyere voltaria para me buscar, ela não arriscaria ser enterrada pela avalanche de merda que provocaria se me abandonasse no meio da noite sem ter como ir para casa.

O clima estava abafado e logo minha pele foi envolta em uma camada fina de umidade. Eu estava parcialmente escondida por um vaso grande de plantas, mas meu vestido, de um azul elétrico vibrante, atraía todos os olhares. A maioria das pessoas me olhava rapidamente e logo voltava a atenção para questões mais importantes, como ignorar a insistência dos fotógrafos. Mas alguns seguiam me olhando; uma mulher gentil até perguntou se estava tudo bem, e eu respondi que sim, minha prima estava vindo me buscar.

O ócio fez o que sempre faz, e foi impossível ignorar as informações perturbadoras que a noite tinha me trazido. Eu sempre tinha acreditado que quaisquer segredos entre mim e minha mãe eram, em sua maioria, meus, desobediências que eu poderia confessar depois de um tempo, quando já não despertassem mais raiva nela. Ela sempre tinha evitado falar sobre o que acontecera depois da morte do meu pai, e tinha fingido animação durante o que, imagino, fora uma batalha legal tumultuosa. O que mais eu não sabia?

Logo ficou tarde e a confusão de convidados indo embora começou a diminuir. Até mesmo uma ou duas *hostesses* tinham ido embora. Eu já estava me preparando para andar de novo até o estacionamento – vai que a Chinyere tivesse voltado –, quando alguém cutucou o meu ombro. Era a inimiga da Chi-Chi. Ela sinalizou com o dedo para eu esperar ela terminar de escrever uma mensagem no seu BlackBerry, e então olhou para mim.

– Você ficou aqui a noite toda. Onde está a Chi-Chi? Não me diga que ela te deixou aqui.

Eu não queria fornecer mais munição para esta mulher, mas eu também estava cansada, e a longa noite de olhares grosseiros tinha engolido muito da minha culpa.

– Meu motorista está chegando, eu te dou uma carona.

Eu não ousei recusar a oferta, já era bem tarde. Além disso, seria bem feito para a Chinyere voltar e não me encontrar ali. Eu segui a mulher até o final do carpete vermelho, onde uma Range Rover preta e reluzente estava estacionada. Um homem saiu do carro e abriu a porta de trás. A mulher entrou e logo pegou uma garrafa d'água e bebeu, o plástico estalando.

Ela falou o caminho para o motorista e eu tentei memorizar para caso precisasse depois. Então ela ficou me olhando até eu começar a ficar visivelmente incomodada. Acho que o vinho ainda não tinha saído do meu corpo, porque eu não conseguia evitar.

– O quê? – eu disse, rude. Minha mãe teria me dado um tapa na boca.

– Você é igualzinha a ele. Eu não percebi antes, mas você é – ela disse, abrindo uma latinha de vaselina e hidratando os lábios. – A gente ia casar, sabe.

O meu pai, um homem sobre o qual eu nunca havia pensado, ao menos não desse jeito. Um homem com um passado.

– Você poderia facilmente ter sido minha filha. Eu não tenho nenhuma menina.

Ela me olhou de cima a baixo, demorando-se nos meus sapatos.

– O seu vestido é bonito.

– A minha mãe que escolheu.

Eu queria machucá-la com a resposta. Em vez disso, ela riu.

– Você é muito esperta. Puxou a ele nisso também.

Ela começou a me fazer as perguntas que adultos fazem quando querem ser educados. Como está a escola? Você está aproveitando a viagem? Quanto tempo vai passar aqui? Depois ela falou dos seus filhos – um tinha a minha idade, os outros dois eram mais novos. Ela não falou da Chinyere. Eu relaxei e fiquei surpresa por estar achando ela legal, essa mulher que era minha inimiga há alguns minutos.

Não demorou até chegarmos ao portão da minha tia. Enquanto esperávamos o porteiro, ela segurou meu queixo estudou o meu rosto.

– Você é exatamente o que eu esperaria da filha dele.

Ao mesmo tempo que fiquei lisonjeada, também sabia que esta garota estilosa e arrumada não era eu de verdade.

– Obrigada.

O porteiro abriu o portão e nós entramos com o carro.

A Tia Ugo estava na escada, vestindo um *wrapper* e com um turbante na cabeça. Sem dúvida ela pensou que a Chinyere e eu tínhamos chegado em casa.

Eu pensei que o encontro das duas seria hostil, e foi mesmo, mas diferente do que eu esperava. Minha tia foi respeitosa e chamou a mulher de "ma", e a mulher a chamou de Ugo e respondeu o mais laconicamente possível. Era óbvio que ela só queria ir embora.

Logo ela foi, e a Tia Ugo retornou ao seu eu irritado no momento em que o portão fechou.

– Cadê a Chinyere?

– Não sei.

– O seu telefone está com ela?

Eu assenti.

Eu achei que ela ia começar a gritar, mas ela permaneceu calma, colocando o telefone na orelha enquanto entrava em casa.

– Chinyere, querida, como você está? Está se divertindo? – o tom meloso deveria ter sido um aviso para Chinyere, mas eu conseguia ouvir minha prima tagarelando no outro lado.

– E a Prima Ada, ela está bem?

Mais conversa.

– Me deixa falar com ela.

Eu ia dizer alguma coisa, mas minha tia levantou o dedo e me olhou com tanta raiva que eu calei a boca.

– Ah, ela está no banheiro? Bom, tenho certeza que ela não vai demorar, eu aguardo.

A Chinyere falou mais, cavando um buraco ainda mais fundo para se enterrar.

– Ela está falando com alguém agora? Que engraçado, porque a Grace Ogige acabou de deixá-la aqui em casa.

A conversa parou. Eu imagino que o coração da Chinyere tenha parado também. Minha tia colocou sua fúria em palavras. A intensidade dos gritos dela me expulsou do cômodo e me conduziu escada acima, passando pelas fotos antigas da Chinyere. Eu parei para olhar aquela em que nós aparecíamos juntas, com os braços ao redor da cintura uma da outra. Eu tinha treze anos, mas já era mais alta do que ela, que tinha quinze, e eu lembro da mãe dela fazendo piada sobre isso.

Da porta do quarto da minha prima eu podia ver o menino esfregando os olhos cheios de sono. Eu sentei na cama e o coloquei no meu colo, aconchegando a cabeça dele debaixo do meu queixo. Ele brincou com a gola do meu vestido e se acalmou. Eu acariciei a sua cabeça, tentando mandar a noite para longe. Olhei o relógio e vi que já passava da meia-noite. Eu não estranharia se a Chinyere só voltasse para casa de manhã.

Quase duas horas depois, ouvi o portão abrir, tirei o menino de cima de mim e fui até a janela.

A Chinyere entrou pelo portão numa velocidade modesta, quase penitente, como se já tivesse começado a implorar por perdão. A Tia Ugo correu até o carro e começou a tentar abrir a porta do lado do motorista, mas estava trancada, então ela começou a bater na janela, gritando o tempo todo. Eu não conseguia entender tudo o que ela estava dizendo, mas ela pontuava cada palavra com um tapa no vidro, um substituto insatisfatório para a cara da Chinyere. Minha prima estava sentada no banco do motorista, olhando para frente. Isso durou uns dez minutos. Então, a Tia Ugo começou a apontar para a casa. Eu me afastei um pouco da janela para elas não me verem caso olhassem para cima, não que isso importasse. Todo mundo da vizinhança provavelmente estava acordado e escutando.

Então minha tia voltou a gritar e eu voltei a assistir.

– Não me deixa quebrar essa janela, Chi-Chi. Se eu quebrar essa janela, a próxima coisa quebrada vai ser você, entendeu?

A Chinyere deve ter acreditado na ameaça, porque ela finalmente desligou o motor e abriu a porta. Assim que ela fez isso, a

Tia Ugo foi para cima dela. Ela segurou minha prima pela alça do vestido, enquanto a mão livre batia em tudo que alcançava. A Chinyere absorveu tudo, não levantou um dedo sequer em defesa. Eu me afastei da janela de novo. Eu não queria essa lembrança.

O menino estava acordado novamente. Quando percebeu que eu estava olhando para ele, levantou os braços com um lamento surgindo da garganta. Alguém bateu a porta da frente e nós dois pulamos. Eu o acalmei antes que ele começasse a chorar de verdade. Foi assim que a Chinyere me encontrou, sentada na cama dela com o seu filho aninhado no meu colo.

Nós ainda estávamos em nossas roupas de festa, mas o vestido dela estava com a gola rasgada. A maquiagem dela estava borrada, e as lágrimas tinham manchado até o seu pescoço. Parecia que ela não tinha parado de chorar desde que saíra do evento. Não dava para saber se o rosto dela estava inchado por causa do choro ou por causa dos tapas da mãe.

O menino ficou agitado quando a viu, querendo sair do meu colo. Eu tentei segurá-lo, já que não parecia que a Chinyere conseguiria lidar com uma criança.

– Pode deixar – ela disse, e o menino engatinhou até ela. Ele parecia feliz simplesmente encostando na sua perna.

– Desculpa – eu disse, mesmo que a palavra parecesse inadequada.

Ela não aceitou nem rejeitou meu pedido de desculpas, mas sentou-se ao meu lado, colocando o menino no colo. Ele tentou juntar nossas cabeças. A Chinyere acabou colocando a cabeça no meu ombro, primeiro tensa, depois relaxada. Eu coloquei meu braço ao redor dela. Quando senti suas lágrimas no meu pescoço, apertei ela um pouco mais. O menino tocou o rosto dela e balbuciou de forma reconfortante, o último som feliz que ouviríamos por algum tempo.

Luz

Quando Enebeli Okwara soltou a filha no mundo, ele não sabia o que mundo fazia com meninas. Ele não sabia quão rápido o orvalho dela evaporaria, como ela retornaria oca, sem as suas melhores partes.

Antes disso, eles viviam em Port Harcourt em uma casa pequena no antigo bairro de Ogbonda. A mãe da menina estava nos Estados Unidos fazendo Mestrado em Administração de Empresas. Ela já estava lá há quase três anos, durante os quais o botão-de-garota de onze anos floresceu. Enebeli e a menina sobreviveram a muitas coisas durante a sua ausência, incluindo uma confusão na feira que separou os dois por horas, fregueses correndo e no final eram apenas duas vendedoras em guerra que já não aguentavam mais a cara uma da outra. Eles sobreviveram a uma conversa sobre sexo, nascida de uma piada sem graça feita por um tio em um casamento sobre como a noiva ia levar um copo de vinho de palma para o noivo e voltar com um copo de, sabe, e a menina fez perguntas que ele achou melhor responder antes que ela perguntasse a alguém que se ofereceria para demonstrar. Eles sobreviveram à sanguinolência da primeira menstruação, quando ela provou que seu ciclo era tão intenso quanto seu sono, o vermelho escorrendo até o outro lado do colchão. Eles sobreviveram à menina descobrindo que isso aconteceria todo mês.

Três longos anos se passaram. Agora ela tem quatorze anos e há um garoto e ele é o motivo de Enebeli estar sentado em um banco estreito feito para crianças no que deveria ser a sala de espera para ver o diretor da escola, um corredor estreito com paredes pintadas de branco cintilante para desencorajar as crianças de arrastarem seus dedos sujos por elas, mas fala sério! A garota foi pega passando um bilhete para o garoto, e não foi a primeira vez. Enebeli já viu o garoto e, mesmo se colocando no lugar de uma menina de quatorze anos, não entende o interesse. Ele é meio baixinho. Ele tem uma orelha bem maior do que a outra. Dá para notar. A diferença é visível. Quem corta o cabelo dele costuma esquecer de umas partes e ele fica cheio de tufos irregulares. A única coisa protegendo o garoto de Enebeli é que ele parece tão confuso com o interesse da garota quanto o resto do mundo.

O diretor diz para Enebeli entrar e entrega para ele o bilhete que diz "Buki, eu te amo. Eu vou te dar muitos filhos", e Enebeli precisa fazer muito esforço para não gargalhar. A quem ela puxa? Não à mãe, que tem um tipo mais quieto de personalidade e humor, nem a ele, que fica perfeitamente feliz sentado na beira de um rio, observando a água passar. Ele promete castigar a garota e garante ao diretor que isso não acontecerá novamente. Acontece mais duas vezes até a garota aperfeiçoar sua técnica de passar bilhetes. E ele deveria castigá-la, ele sabe, mas ela era a sua chama mais luminosa e ele não faria nada para baixar esse fogo.

A mãe da garota tenta corrigi-la, mas muito se perde na transmissão pelos fios, e a sua longa ausência diluiu a influência que uma mãe deveria ter. Essa é uma das coisas sobre as quais Enebeli e a esposa discordam, treinar a garota, o que acaba aumentando o abismo entre eles.

No primeiro mês depois que a mãe e esposa foi para os Estados Unidos, a família se ligava e conversava várias vezes ao dia. A mãe e a menina tinham seus momentos, cheios de lágrimas e de saudades, e o marido e a mulher tinham seus momentos, também cheios de lágrimas e saudades, mas com algumas outras coisas além disso, como "meu corpo sente sua falta" e "eu só preciso de trinta minutinhos" e "quando é que você vem pra casa".

Ela tinha feito uma visita no primeiro feriado mais longo, o Natal. Enebeli memorizou o cheiro dela e a sensação de tocar no seu cabelo. Ele muitas vezes se pegava olhando para ela. Eles dormiram muito pouco, recuperando o tempo perdido. Quando o retorno dela para os Estados Unidos se complicou devido a atrasos e questões relativas ao visto, eles decidiram que ela não deveria visitá-los novamente até terminar os estudos – seu primeiro grande erro. Houve alguma discussão sobre a garota acompanhar a mãe – elas não tinham se desgrudado durante a visita –, mas Enebeli vetou essa possibilidade e a esposa cedeu. Eles sabiam que, dos dois, ela conseguiria seguir em frente sem a filha, mas Enebeli murcharia como uma planta sedenta.

Então a garota ficou e eles aprenderam a sobreviver, mas para uma relação crescer, a outra deve sofrer, e Enebeli percebeu o quanto as conversas via Skype entre a garota e a mãe estavam definhando. Eram conversas amigáveis, preenchidas por novidades e atualizações de uma situação ou outra, mas já havia no ar o sopro de um distanciamento, como se a menina estivesse falando com a tia preferida, que ela amava, é claro, mas com quem nunca falaria sobre um garoto, por exemplo.

Aos quatorze anos, a garota é quase uma mulher, mas é, ainda, uma garota, e a mãe está tentando prepará-la para o mundo. Pare de rir tão alto, querida. Como é possível que eu consiga te ouvir mastigando aqui dos Estados Unidos? Como assim o Papai fez o café da manhã, você já tem idade para cozinhar. A distância entre mãe e filha se alargou até o ponto de a garota não gostar mais de falar com a mãe, ver a atividade como uma tarefa.

E por falar nisso, o pai e a garota dividem as tarefas, os dois meio desajeitados, os dois intimidados demais pela empregada mal humorada para mandar que ela faça as coisas. Ela passa a maior parte do dia assistindo o canal *Africa Magic*, esfregando o mesmo azulejo até ele estar brilhando, e quando ela não está fingindo limpar, a empregada fala com a garota em voz baixa, sussurros, e Enebeli não se preocupa, afinal, elas estão dentro de casa, e não lhe parece que elas possam arranjar muito problema ali. São apenas conversinhas, ele dizia para a esposa. Mas a esposa está amedrontada, pensando que a garota está aprendendo tudo errado sobre como se portar no mundo, e ela insiste e insiste até que Enebeli manda a empregada de volta para a sua aldeia. A garota fica hostil com a mãe depois disso e espera de braços cruzados pelo final das ligações via Skype, e a mãe se torna mais implicante, preocupada que a filha não entenda que ela só está tentando ajudá-la a crescer. Que roupa é essa que a garota está vestindo? Ela tem que sentar com os tornozelos cruzados. Por que é que o cabelo dela está assim, quando foi a última vez que ela fez um relaxamento?

Enebeli não sabe responder as perguntas sobre o cabelo e a esposa solta um suspiro e diz que vai ligar para a irmã. Isso deixa Enebeli receoso. A cunhada é uma mulher assustadoramente competente que tem três filhos educados e obedientes e os recursos necessários para cuidar de outra criança. Há anos ela tenta se apoderar da garota. Em um momento de mágoa e pânico, Enebeli compra um pote de produto para relaxamento e aplica no cabelo da garota, massageando o creme no seu couro cabeludo como se fosse um hidratante, e o cheiro faz os olhos dos dois lacrimejarem. Ao enxaguarem o produto, metade do cabelo da garota sai em tufos macios que vão pelo ralo em um redemoinho, como peixes cabeludos.

A irmã da esposa não fala nada sobre a bagunça química feita no cabelo, nem sobre a casca de ferida na testa da garota, mas a traz de volta com o cabelo raspado rente ao couro cabeludo, e vira a cabeça dela para um lado e para o outro, exibindo o resultado, e todos, até a mãe, concordam que a cabeça da garota tem um formato bonito e que, sim, ela está linda. Mas daí a mãe dela estraga tudo, dizendo que mal pode esperar para o cabelo crescer e ela se parecer com uma menina de novo. Isso dá início a outra discussão entre o marido e a esposa, leve, no início, mas logo explosiva, e a distância age de certa maneira, anulando o carinho e o contexto e a história, e os dois sentem que estão discutindo com um estranho.

A garota para de falar com a mãe e durante uma semana a esposa implora para que ele tente amolecê-la, e ele concorda. Mas na verdade ele gosta que a garota esteja assim, tão brava com a mãe quanto ele, então não faz nada. Não importa; a garota não tem talento nenhum para guardar rancor, e logo já está de volta às conversinhas. Mas o espaço entre mãe e filha aumentou para abarcar algo como cautela, um elefante de desconfiança e constrangimento. A garota sente tudo isso, não quer que esteja ali, e numa tentativa de diminuir essa distância, confessa para a mãe sobre o garoto. Pendura as virtudes dele como luzes de Natal – ele é mais baixo que ela, então tem que obedecê-la, ele está finalmente aprendendo a beijar direito – e a mãe cala a sua boca dizendo, de forma triste, que não sabia que tinha criado esse tipo de garota. Essa é a primeira vez que a garota percebe que o mundo exige algo diferente do que ela é. Essa percepção a abafa por alguns dias, mas ela retorna, mesmo que agora tenha um pouco menos de luz.

E Enebeli não diz nada quando a esposa comunica que recebeu uma oferta de emprego nos Estados Unidos – a gerência em um pequeno fundo de investimentos. No início dessa história, todos haviam concordado que quando ela se formasse, voltaria para casa e arranjaria um emprego bacana no qual receberia um salário muito maior do que o justo, por ter um diploma estrangeiro.

Um tempo depois, mesmo sabendo o que isso faria com ele, ela vai pedir que a garota seja mandada para viver na América, onde seu pulso vai ser mais firme. Ele vai contestá-la. Ele vai usar palavras cruéis que nunca pensou que usaria, como se uma parte dele soubesse que a filha nunca mais seria a garota que é agora.

Mas antes disso tudo, antes de os anciãos serem consultados, antes de até mesmo seu pai ficar contra ele, e da sua única aliada – inesperadamente – ser a irmã da esposa. Antes de ele sucumbir à pressão de três gerações nas suas costas. Antes de ele chorar em público no aeroporto Murtala Muhammed, um choro que sacode seu corpo todo e atrai preocupação e ofertas de água de pessoas que passavam. Antes de ele passar as noites no quarto da menina, sentado entre as outras coisas que ela deixou para trás, contando a diferença de fuso horário até que eles pudessem falar no Skype. Antes de ela voltar da escola e aparecer na tela com a aparência mais desanimada do que nunca. Antes de ele tentar animá-la com histórias sobre o menino doente de amor que fica perguntando sobre ela. Antes de ela olhar por cima da tela, como que aguardando instruções, e responder "Por favor, Papai, não fala assim comigo". Antes de ela se tornar amedrontada sob os cuidados de uma mulher que a ama, mas não consegue compreendê-la. Antes de ela se aquietar em um país que recompensa o seu tipo de coragem, em seu corpo tão negro, com uma fascinação incrédula que a faz escondê-la. Antes de tudo isso, ela tem onze anos e está sentada com Enebeli nos degraus de casa, assistindo as pessoas passarem em frente ao portão velho. Eles estão jogando *azigo*, e sempre que a garota faz uma boa jogada, ela se gaba de maneira nem um pouco elegante e grita "Te peguei!". Ele ri todas as vezes. Ele ainda não se pergunta de onde ela tira todo esse fogo. Só sabe é que é isso que mantém os lobos afastados e que nunca pode deixar que se apague.

Segundas chances

Ignore por um momento que, dois anos depois de completar meu mestrado, eu já tenho idade para comprar uma cama e não ter que pedir ajuda ao meu pai para pagar o colchão, só para vê-lo chegar acompanhado da minha mãe, que parece ter saído de uma fotografia e tenta flertar com o vendedor, coisa que ela nunca conseguiu fazer, mas dessa vez funciona e ela consegue um desconto de vinte por cento. Ignore por um momento que ela está usando uma roupa que eu não via há dezoito anos, desde a Nigéria, quando ela estava grávida da minha irmã mais nova, ainda no início da gestação, e caiu na escada de concreto em frente à nossa casa, rasgando o vestido de cima a baixo. Ignore que ela pula de uma cama para outra, balançando em cada uma como se não sentasse em um colchão há muito tempo, e que o vendedor vai atrás dela como se quisesse subir ali, ao lado dela. Ignore tudo isso porque minha mãe está morta há oito anos.

Meu pai evita os olhares que lanço na sua direção e eu agradeço o fato de ter camas ao meu redor, porque caio em uma, incapaz de me manter de pé. Quando agarro o pulso do meu pai – no momento não consigo nem imaginar encostar nela –, ele se solta e se afasta de mim. Eu vou atrás dele, mas ele foge, então vou até minha mãe e pergunto:

– Que merda você tá fazendo aqui?

O vendedor me olha como se eu tivesse chutado minha mãe, e ela parece magoada, como se eu tivesse mesmo feito isso. Mas o choque deixa muito pouco espaço para a culpa.

– Eu e o seu pai estamos te comprando uma cama, você não disse que queria uma cama?

Eu achava que nunca mais ouviria essa censura misturada com gentileza e meus joelhos quase se dobram, mas alguma coisa sobre a maneira casual como ela está me corrigindo, como se tivesse algum direito de fazer isso, me irrita.

– Por que você está aqui? Você deveria estar...

Meu pai me interrompe:

– Você quer a cama ou não?

Os dois me olham, esperando. Eu quero insistir no assunto, mas também preciso mesmo de uma cama. Eu faço que sim com a cabeça e o vendedor hesita, como se não quisesse mais dar o desconto se a cama fosse para mim, mas se afasta para processar a compra. Minha mãe está vasculhando a bolsa e eu sei que não é para pagar, porque ela nunca paga quando meu pai está junto. Mas talvez ela seja diferente agora. Ela suspira e diz:

– Ike, querido, você viu meus óculos de sol?

A foto da qual minha mãe saiu foi tirada em 1982. Ela veste um cafetã acinturado com estampa de *ankara* que está esvoaçando elegantemente. Há uma pátina vermelha na foto, que se desenvolveu com o tempo. Enquanto a observo na cozinha, cantarolando e inspecionando os armários, percebo que a mancha vermelha está nela, mais óbvia aqui ao lado dos móveis brancos do que na loja. As bordas do seu rosto são difusas, como se, assim como a foto, ela estivesse levemente borrada. A bolsa de ráfia bege está pendurada em seu ombro. A única coisa faltando são os óculos escuros de armação vermelha. Na foto, eles estão pendurados no V do decote, esperando pelo sol de Enugu. Meu pai fica o tempo todo ao redor dela e está mais grisalho, pesado e lento do que da última vez que eu os vi juntos, mas eles se movem da mesma maneira, em uma dança delicada, familiar. Toda vez que começo a dizer alguma coisa, meu pai me olha e a felicidade dele me cala. Quando eles aproximam seus rostos e começam a cochichar, saio da cozinha e vou para o quarto do meu pai. Eu preciso encontrar a foto.

Ela não está na penteadeira onde, mesmo depois de todos esses anos, ainda estão os perfumes e as joias da minha mãe, vidros cintilantes, de Avon até Armani. As joias são igualmente variadas, mas a maioria são bijuterias, peças extravagantes e chamativas, cheias de brilho. Minha mãe não estava usando nenhuma joia na foto, nem um anel, já que ela e meu pai não eram casados na época, eram apenas namorados jovens e corajosos que não deviam nada a ninguém, como ela costumava dizer. Há outras fotos dela na penteadeira. Uma de quando ela era criança, tensa entre seus pais, que já morreram há muito tempo. Fotos dela na minha formatura do Ensino Médio, no aniversário de cinquenta anos do meu pai, e a minha favorita, uma em que ela estava agachada, ajeitando as calçolas cheias de babados da minha irmã bebê; meu pai tinha tirado a foto bem na hora em que Udoma beijou o topo da cabeça da Mamãe. Udoma. Escutei a porta da frente se abrir e ela chamar daquele jeito meio "querida, cheguei" e corri para avisá-la antes que fosse tarde demais.

Udoma entra e para por um momento, chocada, enquanto meu pai fica ali, com os braços esticados como se dissesse "surpresa!", e ela faz o que eu deveria ter feito quando vi minha mãe: corre até ela e a abraça tão apertado que não sei como a Mamãe consegue respirar, chorando tanto que as duas tremem juntas.

Não voltaria para meu apartamento, nem pensar. Ligo para o trabalho e deixo uma mensagem pontuada por espirros nem um pouco convincentes. É a minha décima terceira bola fora, mas eu não ligo. Udoma está praticamente no colo da Mamãe, contando para ela cada coisinha que sempre quis contar. Assim como meu pai, ela tinha simplesmente aceitado a presença da minha mãe como se fosse nada. Eu fico afastada enquanto os três estão aninhados. Udoma para e fica olhando para o rosto da Mamãe e eu espero que ela diga alguma coisa sobre ele, mas ela só vai para o chão e aconchega a cabeça na barriga dela. Ela tinha dez anos quando nossa mãe morreu e tinha recém desembarcado de volta de Lagos, onde tinha passado as férias de verão. Ela está contando para Mamãe tudo sobre aquela viagem e todas as outras que vieram depois, todos os quilômetros rodados em oito anos. Meu pai ocasionalmente interrompe para atualizar minha mãe sobre quem está onde agora, e essa é a primeira vez que ele menciona o fato de que ela esteve longe.

– E você, Uche, o que você tem feito?

Eles esperam para ver se vou me juntar à brincadeira.

– Tenho tentado superar isso tudo. Sabe, porque você morreu.

Minha mãe coloca a mão no peito, onde os óculos deveriam estar, como se eu tivesse praguejado, e meu pai balança a cabeça.

O silêncio cresce e eu me retiro.

Eu fui uma criança com tendência a ter ataques histéricos. Cada corte era uma ferida profunda que certamente formaria um queloide e me deformaria, cada briguinha no parquinho era uma infração imperdoável que justificava um colapso. Também adquiri o hábito de roubar, o que fez com que eu não fosse bem-vinda na casa de vários dos meus colegas de classe, então eu passava a maior parte do meu tempo livre brincando no salão/loja de móveis da minha mãe. Frequentemente, me pergunto se sou desse jeito por causa de todas aquelas horas inalando terebintina e spray de cabelo. Quando o movimento estava fraco, minha mãe e sua assistente, Obiageli, enrolavam meu cabelo e faziam penteados elaborados. Existe uma foto em que estou sorrindo como se mostrar todos os meus dentes fosse salvar o mundo, meu cabelo encaracolado e arrumado ao redor da minha cabeça como se fosse um turbante. A Obiageli tinha convencido minha mãe a passar pó compacto no meu rosto, com o auxílio de um ataque que eu tive e derrotou sua relutância. Eu pareço uma debutante do Texas que acabaria casando por interesse, e minha mãe está ao meu lado, com uma aparência exausta, porque acima de tudo era isso que eu era: exaustiva. Meu pai tinha sido mandado para Argel pela companhia de petróleo para a qual trabalhava e muitas vezes, até a chegada de Udoma, éramos só minha mãe e eu. Os ataques histéricos da minha infância eventualmente se tornaram um egocentrismo desagradável que foi o tópico da última conversa com minha mãe, oito anos atrás.

Depois da morte da minha mãe, eu passei alguns meses em um lugar onde eles me davam comida e remédios na boca. Eu e meu pai nunca conversamos sobre o estado no qual ele me encontrou, Alabama, para onde eu tinha fugido, de volta para O Ex que eu tinha prometido nunca mais ver. Também nunca falamos sobre o estado no qual ele me encontrou, catatônica depois de engolir um punhado de pílulas, enrolada em uma poça de vômito. Mas quando acordei, eu estava no hospital e ele estava lá e eu entendi que as coisas teriam que melhorar. Eu tinha vinte e dois anos.

Demorou um ano e meio para eu me recompor e mais cinco para completar meu mestrado em técnicas de comunicação, que deveria ter sido feito em dois. Morei com meu pai até um ano atrás. Mas depois de uma vida sentindo que eu era um nervo exposto, minha mielina tinha finalmente crescido. Ainda era difícil segurar um emprego. Eu trabalhava alguns dias por semana em uma fábrica de canos, separando peças. Às vezes, até esses poucos dias eram pesados demais e eu desaparecia. Mas as faltas se tornaram menos frequentes conforme as coisas foram melhorando, e eu comecei a ser uma pessoa de novo. E aí ela aparece, trá-lá-lá, como se essa merda não significasse nada.

Volto a procurar a fotografia. Evito meu antigo quarto, que ainda está uma bagunça, um tornado, como eu tinha deixado. Se a foto estiver lá, nunca será encontrada. Em vez disso, vou até o quarto de Udoma, organizado como um cenário de revista. Começo com a cômoda mais próxima, tão arrumada quanto o resto do quarto, todas as meias e calcinhas dobradas em quadradinhos. É fácil perceber que a foto não está aqui. Eu enfio a mão na gaveta e bagunço tudo mesmo assim. Estou passando para a próxima quando escuto Udoma suspirar, parada na porta. Eu a ignoro e continuo procurando. E eu sinto como se estivesse me desenrolando por inteira, até sobrar apenas um núcleo cru. Eu preciso encontrar essa foto. Preciso.

Udoma coloca uma mão no meu ombro para que eu pare. Ela me abraça e me surpreende novamente com a sua intuição. Também era assim na nossa infância, começando quando nos mudamos para Houston, quando ela tinha só cinco anos, e eu dezessete. Ela sempre tinha sido capaz de perceber meu humor, minhas necessidades, e de contorcer-se para encaixar-se nelas. Agora, ela sussurra:

– Por que você não me deixa aproveitar isso? Por favor, me deixa aproveitar isso.

Mas eu não consigo.

– Ela deveria estar *morta*.

A palavra faz Udoma se encolher.

– Você não tem nenhuma pergunta?

– Eu não me importo. Você também não deveria se importar. Você ficou tão triste quando ela... foi embora. Por que tá chateada que ela tenha voltado?

Eu olho para ela, vestida com o uniforme da escola católica que frequenta. Eu nunca perguntei se ela tem fé de verdade, com receio de introduzir mais uma complicação à minha história – descrente! pecadora! além de doida! –, mas ela sempre pareceu tão certa de tudo, sempre aceitou o destino de um jeito que eu nunca compreendi. Tenho inveja dessas certezas. Tenho inveja da relação descomplicada dela com a nossa mãe, na qual a Mamãe era simplesmente a Mamãe, e não uma mulher de quem ela discordava. Eu me afasto, evitando dar qualquer resposta, e dou com minha mãe na porta.

– Meninas, vocês viram meus óculos de sol?

Minha resposta para a pergunta de Udoma tinha sugado toda a umidade da minha garganta, e eu contorno minha mãe, incapaz de dizer qualquer coisa. Udoma disse alguma coisa e minha mãe respondeu alguma coisa e com certeza elas iniciaram uma conversa sensível da qual eu nunca vou participar.

Lá embaixo, meu pai está dormindo no sofá, uma taça de vinho e o celular na mesinha em frente. Imagino o que minha mãe disse quando ele serviu o vinho, já que ele foi abstêmio desde antes de eu nascer. Ele parece maior do que nunca, como se estivesse inflado pela felicidade, e ronca muito alto, a trilha sonora da minha infância. Então, noto um papel branco meio encardido escapando da capinha do celular, de uma parte feita para colocar cartões de crédito. Pego o celular e corro até o lavabo, me trancando lá dentro. Agarro a ponta do papel e puxo.

A foto tinha sido dobrada várias vezes, então se abre como um acordeão, revelando um sofá manchado de vermelho e o topo de uma caixa de som grande que servia como mesa de centro. Minha mãe, que deveria estar na frente do sofá, sumiu. No canto, tão pequenos que quase não os vejo, estão os óculos que ela tanto procura, quase para fora da foto.

Um soluço borbulha na minha garganta. Eu sento para tentar me acalmar e minha perna direita começa a tremer. Lembro da nossa última conversa.

Eu estava na sala de estar, esperando a hora de ir buscar Udoma no aeroporto. Ela tinha passado dois meses de verão com minha tia, de quem eu não gostava porque ela se negava a aturar todas as merdas que eu fazia. Estava perto da hora de sair e eu estava zapeando pelos canais da TV e acabei pegando no sono.

Acordei com minha mãe berrando.

– Quer dizer que você ainda está aqui? A polícia me liga do aeroporto porque eles acham que sua irmã foi abandonada, e você está aqui? Eu achei que tinha acontecido alguma coisa com você!

O desespero dela espantou meu sono e eu fiquei prontamente alerta e pedi desculpas. Uma olhada rápida me informou que eu estava quase quatro horas atrasada e o pânico aflorou no meu estômago. Eu vi que minha mãe tinha ultrapassado seu nível normal de fúria porque ela jogou a Bíblia no sofá como se fosse um livro de banca de revistas. Ela enfiou o telefone bem na minha cara, o telefone que ela sempre colocava no silencioso nas quartas-feiras à noite para não se distrair durante os encontros de estudo da Bíblia, e tinha quase trinta mensagens. Eu tinha violado sua regra mais importante como imigrante: Viva de forma simples e de acordo com as regras.

– Sempre, Uche, sempre que eu peço um favor simples, você não consegue fazer.

– Desculpa.

– Desculpa, desculpa. Sempre pedindo desculpa. Não – ela cortou minha resposta pela raiz. – Você é uma decepção. Uma grande decepção. Você é uma decepção.

A última frase foi dita não com raiva, mas com uma tristeza abrupta que sublinhou o quanto ela era verdadeira. No timbre dela ressoavam todas as merdas que eu já tinha feito. Todos os surtos, os roubos, todas as vezes que ela deve ter sentido vergonha de me apresentar como sua filha.

Eu corri para o quintal e bati a porta tão forte que ela quebrou, e o som do vidro rachando acalmou um pouco a minha dor. Minha mãe começou de novo, berrando enquanto pegava as chaves do carro e saía para buscar Udoma.

Eu nunca contei para o meu pai sobre nossa última conversa, nem para Udoma. Nem mesmo para o terapeuta naquele lugar, que cavou e cavou porque sabia que eu estava escondendo alguma coisa. Esse segredo é um manto de culpa que eu vou vestir para o resto da vida.

Agora, sem batidas na porta, começo a me sentir encabulada, como uma criança que se escondeu, mas ninguém tentou encontrar. Saio do lavabo e encontro meu pai no mesmo lugar, sem ter nem percebido o sumiço da foto. Alguém o cobriu com um cobertor. Ouço o barulho de panelas se beijando na cozinha e já sei quem está lá. Ela me olha quando eu entro, mas logo volta à sua tarefa, um buquê de ingredientes que vão virar sopa.

– Por que você não consegue aproveitar isso? – minha mãe diz, ecoando tão perfeitamente o "Por que você não me deixa aproveitar isso?" da Udoma que eu suspeito que elas estão conspirando. Como eu não digo nada, ela se vira para me encarar, segurando uma galinha despenada, e faz a pergunta cuja resposta tanto tem me incomodado.

– Nne, o que você quer de mim?

Eu quero que você ferva a galinha com óleo e sal. Quero que você derreta o azeite de dendê numa temperatura média e cozinhe o ogbono até que ele se dissolva. Quero que você tussa quando a pimenta fizer cócegas na sua garganta. Quero que você salpique lagostins tão pequenos que eu acreditava, aos quatro anos, que eles tinham sido colhidos antes do tempo do útero de suas mães. Quero que você observe o ogbono engrossar a água e adicione o peixe e o quiabo e o espinafre e a carne fervida e o sal que você nunca acerta e nos chame quando estiver pronto e faça uma prece para dar graças e seja graciosa e me perdoe.

A resposta que eu dou: o dar de ombros torto que eu faço quando não sei o que dizer.

Ela volta a cortar e eu saio quando a cebola atinge seus olhos. Quando entro no meu quarto, tento buscar memórias mais felizes, mas tudo que encontro é cinco minutos atrás e a última vez que falamos. Eu me aninho na minha velha cama, ainda coberta de itens que eu prometi guardar, e abraço um novelo de lã contra meu peito, esperando que o sono traga seu alívio temporário.

Pela manhã, ela não está mais lá. A cozinha ainda tem seus rastros, uma panela no escorredor de louça e o cheiro de quiabo. Encontro meu pai no sofá, já de banho tomado e vestido. Seus olhos estão vermelhos e inchados, mas ele sorri. Udoma está dormindo numa cadeira ali perto. Acho que eles passaram a noite conversando.

Meu pai olha o compartimento na capinha de celular e suspira como se nunca tivesse esperado que a foto ainda estivesse ali. A foto. Ela deveria estar no bolso que eu tateio em pânico, depois viro do avesso. Eu corro até o meu quarto e verifico a cama, atirando a lã e os livros e as bolsas que há muito saíram de moda. Quando não consigo encontrá-la, arranco os lençóis, jogando tudo no chão. Então, vejo a fotografia, quase irreconhecível de tão amassada. Tento endireitá-la, mas ela está quase em duas partes, o rosto da minha mãe dividido ao meio, o papel imitando as consequências do acidente. Eu me desenrolo para todos aqueles anos atrás, para o Alabama, e só agora consigo dizer as palavras que me assombram.

– Desculpa. Eu te amo. Por favor, me perdoa.

Acidental

Você tinha seis anos da primeira vez que caiu. Antes disso você era jovem demais para cair e tinha que ser derrubada, empurrada, como se escorregasse, para parecer autêntico. Você aprendeu a cair por uma questão de autopreservação, já que sua mãe empurrava muito forte, derrubava de muito alto. Vocês se sustentam dessas quedas há anos, às vezes ela caía, mas, na maior parte das vezes, era você. Uma criança chorando causa mais comoção do que uma mulher bonita, mas que já está envelhecendo.

Cair é uma ciência. Não se pode tropeçar no próprio pé, cair com a cara no chão, e esperar uma recompensa. Primeiro, encontre (ou crie) algum tipo de poça. Fure o filme plástico de um ou dois pacotes de frango congelado e, discretamente, deixe os fluidos se acumularem no chão. Quando a queda iniciar, pense nela como uma dança: perna direita para cima (dois, três, quatro), perna esquerda dobrada (dois, três, quatro), aterrisse meio torta e espere pela atenção da audiência. Comece deixando cair algumas lágrimas silenciosas que se tornem gemidos de angústia conforme todos os esforços para manter a calma se mostrem vãos. Para melhorar o efeito, faça uma criança chorar junto, ou, melhor ainda, solte-a durante a queda, deixe-a escorregar do seu quadril. O bônus é que os machucados dela vão ser verdadeiros.

Todo ano, aproximadamente seiscentos processos são abertos contra supermercados do país todo devido a negligência, discriminação, propaganda enganosa etc. Duzentos deles são descartados sem alarde, cem vão a julgamento, mas os trezentos restantes são resolvidos com acordos, quantias desconhecidas e contratos de confidencialidade. A sorte está ao seu lado.

    Sua vida não foi sempre assim, ao menos é o que você acha. Há um retrato de família bem preservado que sua mãe carrega na bolsa, no qual ela aparece sentada com um bebê (você, presume-se) no colo. Ela está mais jovem e mais bonita, vestindo um suéter típico de mães que ela nunca usaria hoje em dia, com uma estampa doida e colorida, como se o design fosse fruto da cabeça de um epilético em surto. Atrás dela está um homem, aquele "filhodaputa horroroso" que a engravidou e morreu dois anos e meio depois, explodido em pedaços de carne num acidente em alto mar. Você só lembra das mãos dele, grandes e cabeludas, e o gosto metálico do anel grosso que ele sempre usava. Na mesma bolsa, sua mãe carrega uma foto da casa que ela tinha comprado com o dinheiro do acordo depois do acidente. A casa é linda. É essa foto que ela segura quando chora.

    Sua mãe é uma mulher que deseja a atenção dos homens. Eles vieram junto com o dinheiro, se metendo na vida dela, e também na conta bancária, e esgotando as duas. O dinheiro do acordo já não existia mais quando você fez quatro anos, assim como a casa, dada como garantia para o empreendimento de algum bonitão. Alguma coisa sobre uma academia ou um spa, você não lembra exatamente. Vocês não falam sobre isso.

    Você prefere acreditar que aquela primeira queda, a que deixou uma órtese permanente em seu tornozelo, foi real. Que ela estava tentando alcançar a maior e mais bonita berinjela da prateleira, mas tropeçou e, merda, deixou o bebê cair. O mercado entrou num acordo sem problemas, culpando os funcionários responsáveis pelos vegetais por deixarem o chão molhado. O dinheiro durou por uns três anos, e teria durado mais, provavelmente, se não fosse pelo Matthias, o mecânico. E Chuks, o segurança. E Dwayne, o estuprador, como você logo descobriu. Algumas pessoas acham fácil serem boas quando tudo está bem, mas não têm forças para aguentar as dificuldades. Sua mãe é uma dessas pessoas.

Ela podia ter recorrido ao pai, com a cabeça tão baixa que teria folhas e cascalho nos cabelos, mas ela tinha se casado contra a vontade dele, se mudado para os Estados Unidos contra a vontade dele, e tido você contra a vontade dele, tudo com um homem que ele chamava de "aquele idiota de Calabar". Ele tinha proibido os outros membros da família de comparecerem ao casamento, e você não tem nem ideia da aparência do seu avô, só sabe que você não tem nada a ver com ele e que sua mãe agradece por isso.

Você já mudou tanto de nome e endereço que fica escrevendo "Amara" em carros empoeirados pelo país afora e com pó de café nas mesas de hotéis baratos, você sussurra a palavra quando vai dormir, para não esquecer qual nome é real. E é assim, ano após ano: a queda, o pagamento, a ostentação. Sempre seguida de vocês escapando por janelas de apartamentos e trailers alugados, as roupas enfiadas em fronhas e sacolas de supermercado e jogadas no porta-malas do carro (por favor, Deus, que ele funcione), rumo à próxima cidade, à próxima queda.

Você estava na sala de espera do Jones e Margus, segurando o seu braço, que estava engessado. Mas poderia ser no Hunter e Cleb, ou Dynasty e Associados, qualquer um da longa lista de escritórios sensacionalistas que vocês já tinham usado. Sua mãe estava sentada ao seu lado e ajudou você a levantar quando chamaram vocês para dentro de uma sala pequena. Em escritórios deste tamanho, é sempre um Assistente Júnior, um coitado recém-formado em Direito, que analisa as queixas.

Você ficou aliviada ao ver uma mulher sentada atrás da mesa. Isso poupava sua mãe de recorrer ao último recurso humilhante de oferecer um boquete para convencer o advogado a aceitar o caso (e também poupava você de ter que oferecer um, discretamente, é claro – e só depois de fazer treze anos –, quando sua mãe saía da sala fingindo que ia ao banheiro). Enquanto a mulher recitava as informações que vocês tinham fornecido até agora, você pegou um abridor de cartas de cima da mesa e ficou girando-o entre os dedos. O cabo era pesado e parecia ser feito de osso.

– Desculpa, mas acredito que não poderemos aceitar o seu caso.

Vocês já estavam preparadas para isso e sua mãe começou uma diatribe cheia de lágrimas e desespero, e falsa, até a última fungada. A funcionária ficou lá sentada, educada, mas indiferente, olhando para você, não para sua mãe. Você percebeu o seu erro, que era você que deveria ter feito o monólogo choroso desta vez. Essa encenação é muito delicada.

Se você tiver uma criança à sua disposição, use-a nas mulheres. A maior parte tem seus próprios filhos, as outras desejam ter, então algumas lágrimas certamente vão comovê-las. As mulheres funcionam para os homens, seios arfantes, lágrimas rolando. Mas quando a idade sugar a firmeza do rosto e do corpo, preste atenção nos olhares dos homens, que seguem as formas da menina em amadurecimento. Por alguns breves anos, ela será perfeita: com idade o bastante para captar a luxúria dos homens, mas ainda jovem a ponto de despertar simpatia nas mulheres. Aproveite esse momento.

– A Marsha vai acompanhar vocês até a saída. E eu vou precisar disso de volta, por favor – a funcionária disse, indicando o abridor de cartas que ainda estava na sua mão. Quando você o entregou para ela, segurando-o pela lâmina, olhou-a diretamente nos olhos. Eles continham sabedoria, como se ela conhecesse tudo sobre você. Você sentiu como se estivesse caindo e alguma coisa aconteceu: você não soltou o abridor. A situação se tornou um cabo de guerra que ela eventualmente ganhou, mas só porque arrancou o objeto da sua mão de um jeito que cortou sua palma.

Sua mãe, sempre oportunista, berrou:

– Ai meu Deus, você machucou ela! Ai, amor, Graceline, você tá bem? Eu vou te denunciar!

A mulher não parava de se desculpar, desenrolando lenços de papel para estancar o fiozinho de sangue. Mas sua mãe já estava a todo vapor e, amparada pela sua mão ensanguentada, marchou para o saguão de entrada.

O escritório trocou um cheque substancial pela retirada das queixas e pelo seu silêncio, e por alguns meses você viveram como rainhas. Vocês foram morar em um hotel barato onde você tinha sua própria cama – uma raridade – e sua mãe dava uma quantia todo dia para você gastar no pequeno parque de diversões que ficava ali perto. Você ia até lá enquanto sua mãe se ocupava fazendo compras e com os homens que entravam e saíam da vida dela como a língua de um lagarto. Você passava os dias sentada na montanha-russa e testando sua pontaria na boca do palhaço. Você fazia questão de pegar o Túnel do Amor sozinha, apesar dos esforços de Giles, o animador do brinquedo, para encontrar um parceiro para você ("Vamos lá, rapazes, não deixem a mocinha sozinha") e também para acompanhar você à noite, depois do expediente. As crianças esperando na fila riam porque você ia sozinha. Enquanto elas passavam o dia no parque desviando de pais superprotetores e das pilhas de esterco dos animais em exposição, você – rosto e corpo parecidos demais com os da sua mãe – passava o dia desviando das mãos de homens desejosos.

– Querida, estou tão orgulhosa de você – sua mãe estava deitada ao seu lado na cama, mexendo nos ajustes plásticos da sua tipoia, um hábito que ela tinha pegado de você. Vinha um cheiro de comida chinesa do lixo no canto do quarto, onde logo se amontoariam as baratas, que nunca a incomodavam. Com a mão cheia de anéis de bijuteria, ela indicou o quarto, satisfeita. – Tudo isso por sua causa – sua palma, marcada por uma cicatriz, começou a coçar.

Você nunca considerou a possibilidade de outro estilo de vida, presa a sua mãe pelo costume e também por uma ideia de lealdade. Daí você descobriu que estava grávida. Vocês estavam no estacionamento de uma loja de conveniências e sua mãe entregou dinheiro para você comprar absorventes, algo que ela fazia com regularidade militar na terceira semana de cada mês desde seus doze anos.

– Não sei por que você ainda não tinha me pedido.

As palavras pesaram no silêncio que se seguiu. Você acabou comprando um teste de gravidez, e, trinta e cinco minutos depois, sob a lâmpada tremeluzente do banheiro de um posto de gasolina, a presença do feto foi confirmada.

Quanto ao pai, havia algumas opções. Uma era o Billy, o funcionário de um escritório de advocacia e recipiente de um boquete que tinha saído de controle. Quando sua mãe pegou vocês, logo mostrou sua certidão de nascimento, que comprovava o parto de uma menina, agora com quinze anos, e jovem demais para estar dobrada sobre uma mesa, a barriga nua sobre a madeira polida, atendendo a um homem que tinha quase o dobro da sua idade. Ele não perdeu tempo e passou o seu processo para o topo da lista de prioridades. O dinheiro tinha durado algumas semanas, até você precisar pagar um guincho para levar o carro até uma oficina mecânica. Lá você recebeu ajuda de Randall, um caminhoneiro, que aparentemente era o cara para quem você tinha que dar para conseguir uma carona por aquelas bandas. Três dias e três mil quilômetros depois, ele deixou você com uma última buzinada e um maço com 850 dólares. Você usou o dinheiro para comprar um carro com o Jerry, o vendedor de carros usados, que precisou ser convencido a dar um desconto no Camry verde que sua mãe tinha gostado.

Você não tinha dinheiro para ir ao médico e raramente ficava tempo o bastante em uma cidade para saber onde ficavam as clínicas públicas, então gastava todo o dinheiro em livros sobre bebês, manuais sobre maternidade, e volumes sobre desfraldamento. Você tinha certeza que conseguiria trocar uma fralda em 12,8 segundos.

– "Crianças pequenas precisam de estabilidade durante seu crescimento, para assegurar um desenvolvimento saudável" – você leu em voz alta da sua última aquisição, *A fórmula para uma criança feliz*. Sua mãe não tirava os olhos da estrada. Você já estava de seis meses e tinha começado a sugerir que aquela vida instável não seria um "ambiente justo" para o bebê. – O que você acha disso?

Ela aumentou o volume do rádio, cortando a conversa. O carro se encheu com o som de um baixo profundo, tamborilado. Ela estava sempre ignorando agora, levantando e indo embora sempre que você começava com um dos seus "discursos maternos", como ela chamava. Mas, no momento, vocês estavam presas em um veículo em movimento, então você decidiu insistir no assunto e baixou o volume.

– Nós não podemos continuar assim. Precisamos parar, parar mesmo, em algum lugar.

– Você acha que eu sou idiota? Eu sei que a gente precisa parar em algum lugar.

– Tá bom, mas tem que ser logo – você acariciou a barriga, que agora estava do tamanho de uma melancia pequena. No início você tinha especulado que poderiam ser gêmeos, mas sua mãe só tinha virado os olhos. Você se agarrou à porta quando o carro desviou para o acostamento. Sua mãe atacou.

– Se você tem algo a dizer, diz de uma vez.

– Só estou falando que tem que ser logo. Se a gente vai parar, tem que ser logo, só isso.

– Que que é, você acha que eu não sei disso? Você acha que eu sou uma mãe ruim ou algo do tipo?

A pergunta veio de surpresa. Será que ela era uma mãe ruim? Você tinha quinze anos e estava grávida porque ela queria um desconto num Toyota verde velho. Você não sabia como responder, então não disse nada. Ela voltou para a estrada e seguiu caminho, em silêncio.

Na cidade seguinte, ela parou no primeiro supermercado que viu. Você estava insistindo em comer o mais saudável possível, e parava frequentemente para comprar frutas, que comia rapidamente para que não apodrecessem. Sua mãe estacionou na primeira vaga que viu e entregou uma nota de vinte para você.

– Vai rápido – ela deitou o banco e fechou os olhos.

Você saiu do carro com cuidado e andou até o mercado. Em frente à porta, um grupo de meninas identificadas como estudantes da Escola Fundamental Glyndon estava vendendo biscoitos para os clientes que saíam da loja. Duas mulheres, provavelmente mães de algumas das meninas, estavam observando, separando o troco e ajustando os uniformes. Uma das mulheres, baixinha e redonda como uma laranja, estava arrumando o rabo de cavalo de uma das meninas, que ficou mexendo a cabeça enquanto falava, e o penteado saiu torto e frouxo. A mulher logo teria que refazê-lo. Era um ato simples, fácil, mas você percebeu que nunca tinha sentido as mãos da sua mãe no seu cabelo daquele jeito. Você passou por elas, entrou na loja e pegou uma cesta. Em vez de ir na direção da comida, procurou pela seção de roupas infantis. Você não compraria nada até descobrir o sexo do bebê e até ter dinheiro para gastar, mas era divertido ficar olhando.

Um grupo de meninos pequenos correu na sua direção, segurando casquinhas de sorvete. "Com licença, moça", "Licença", "Desculpa". Eles desviaram de você de forma educada, e você ficou sorrindo ao vê-los ir embora, e por isso não viu a poça de sorvete derretido que um deles deixou para trás.

Você largou a cesta de compras. Seus pés deslizaram, o direito cruzando por trás do esquerdo. A órtese de metal não teve tração no piso frio. Seus joelhos dobraram e você esticou os braços para sustentar seu peso. Seu rosto foi jogado para frente. Você tinha anos de experiência e sabia que seu queixo seria o ponto de impacto, e se preparou. Mas sua barriga segurou a queda. Ela se sustentou, depois se amassou e se espalhou como uma bola de massa de modelar na mão de uma criança. A dor foi instantânea e insuportável. Você ouviu alguém gritar e o murmurinho de preocupação da multidão que se amontoou. Quando a sirene de uma ambulância começou a soar, distante, você desmaiou.

Você perdeu o bebê. A enfermeira avisou assim que você acordou. Ela foi brusca, e adicionou, "Você ainda é jovem". Era uma menina, e você pensou no babador rosa que tinha visto numa cidade que ficou para trás. Às vezes você acordava, mas logo perdia a consciência novamente; seu corpo estava se curando. Você não pôde receber visitas por várias horas. A primeira foi sua mãe, é óbvio.

Já era de tarde, mas suas pálpebras ainda estavam pesadas. Você estava deitada de lado, uma recomendação do médico. As cortinas estavam fechadas e a luz baixa embalava você de volta para o sono. Você acordava o tempo todo, sua mãe entrando e saindo do quarto. Você podia ouvir a voz dela no corredor. Estava esganiçada, e você sabia que ela estava empolgada ou irritada. Ela entrou de novo e sentou. Fez carinho na sua cabeça suada e se abaixou sobre você, os lábios encostando na sua orelha quando ela sussurrou:

– Quinhentos *mil* dólares, meu amor. Essa é a minha garota.

Você tirou a cabeça debaixo das mãos dela. Ela esticou o lençol sobre seus ombros, e qualquer um que olhasse pensaria que ela era uma cuidadora carinhosa. Talvez, se continuasse olhando para ela por esse ângulo, você acreditasse nisso também.

Quem vai te receber em casa

O bebê de lã durou pelo menos um mês, balbuciando de forma seca e macia como algodão e soltando bolinhas de fiapos, até Ogechi enganchar a sua perninha em um prego e ele se desenrolar enquanto ela seguia caminhando, acreditando que os pequenos ruídos eram indício de fome, não o choro de uma criança se desfazendo. Quando ela finalmente percebeu, já era tarde demais, a perna um emaranhado de fibras, e ela puxou o fio até o final para acabar com aquilo logo, em vez de deixá-lo crescer deformado. Se fosse para ser mãe, silenciando, diminuindo e escondendo partes de si mesma, então a criança seria perfeita.

Ela sabia que a lã tinha sido uma escolha tola; esse material era para mulheres ociosas, que podiam proteger a lã no conforto dos seus carros e em casas seguras, sem pregos soltos. Não para uma ajudante de cabeleireira que ia de *danfo* para o trabalho só quando tinha dinheiro, andando quando não tinha, e que morava num "apartamento" que era apenas um cômodo que ela conseguia atravessar em três passos largos. Mulheres como ela tinham que construir seus filhos com materiais mais resistentes, mais práticos, para que aguentassem os tombos e arranhões de uma vida como a dela. Ela tinha sido construída pela mãe usando lama e galhos, as pernas bem embrulhadas com folhas, como se fosse *moinmoin*: itens ordinários que tinham construído uma mulher ordinária. Ogechi estava determinada a construir uma criança encantadora, delicada e preciosa, carinhosa e merecedora de amor. Mas, antes, ela tinha que ir trabalhar.

Escovou o cabelo curto e espetado e vestiu um de seus dois vestidos. O próximo bebê teria trinta vestidos, ela decidiu, e um cabelo tão longo que levaria horas para ser trançado, e ela reclamaria disso para todo mundo disposto a ouvir, deixando escorrer um orgulho arrogante.

Ogechi decidiu se presentear e ir de ônibus, mas logo se arrependeu. Duas tecelãs estavam sentadas na última fileira, com bebês trançados em ráfia em seus colos. Um era feito de ráfia crua misturada com verde e azul, e o outro era todo vermelho, e todos os passageiros estavam olhando, admirados. Eles cresceriam e se tornariam fortes e inteligentes e talentosos.

As crianças ainda não estavam vivas, então os passageiros cantaram a canção de chamado-e-resposta que era a tradição:

Aonde você está indo?
Estou indo para casa.

Quem vai te receber em casa?
Minha mãe vai me receber.

O que a sua mãe vai fazer?
Minha mãe vai abençoar a mim e ao meu bebê.

Era uma ocasião muito feliz na vida de uma jovem quando a mãe abençoava o seu filho com vida. As duas garotas coraram e sorriram de prazer quando uma mulher elogiou o trabalho delas (os pontos estavam lindos e firmes) e desejou tudo de bom. Ogechi desejou que elas morressem afogadas, mas não em voz alta. A mesma mulher se virou para ela, ansiosa para espalhar sua admiração, mas ao perceber a aparência de Ogechi, seu vestido esfarrapado, o colo vazio e todo o resto do pacote sem graça, só deu um sorriso amarelo e olhou para as próprias mãos.

Ogechi encarou a mulher pelo resto do caminho, na esperança de deixá-la constrangida.

Quando Ogechi tinha levado seu primeiro bebê – uma coisinha almofadada feita de tufos de algodão – para sua mãe, a mulher mais velha tinha soltado uma gargalhada, expelindo tanto ar que deveria ter desmaiado. Ela arrancou a forma moldada dos braços de Ogechi, segurando pelas axilas, rasgando-a ao meio.

– Esse negócio cresceria gordo e inútil – ela tinha dito. – Você precisa construir um corpo forte, que consiga limpar e arrastar e esfregar. Crianças macias com vidas duras enlouquecem ou morrem jovens. Me traga uma criança afiada e eu vou abençoá-la e você pode criá-la como quiser.

Quando, em vez disso, Ogechi trouxe um bebê de papel, feito com o papel de presente mais bonito que ela conseguira encontrar, a mãe, rindo o tempo todo, afogou-o no balde de limpeza até que ele amoleceu e se desfez. Ogechi a estapeou, e a mãe a estapeou de volta, e de novo, e de novo, até os vizinhos ouvirem a comoção e separarem as duas mulheres. Ogechi fugiu naquela noite e prometeu nunca mais voltar para a casa da mãe.

Na sua parada, Ogechi se empertigou e abriu caminho pela rua movimentada até chegar ao Mama Said Hair Emporium, onde ela trabalhava. Mama também era dona da loja ao lado que, para alguns, era uma lanchonete, mas para outras, como Ogechi, era um lugar onde a dona abençoava bebês de garotas sem mãe. Por uma taxa. E Ogechi ainda estava devendo a taxa pelo bebê de lã, que já estava desfeito.

Quando ela entrou no Emporium, as outras assistentes de cabeleireira perceberam seus braços vazios e riram com desdém. Elas tinham avisado sobre a lã, não tinham? Ogechi se negou a deixar as lágrimas que ardiam em seus olhos escaparem e pegou a vassoura mais próxima.

Logo as clientes começaram a chegar, e as outras garotas lavaram e prepararam os cabelos para Mama, enquanto Ogechi varria os cabelos que caíam de cabeças e perucas e extensões. Mama chegou bem no momento em que a primeira cliente estava começando a perder a paciência e a acalmou com elogios. Ela percebeu os braços vazios de Ogechi, balançando a cabeça de forma resignada, e foi trabalhar, encaracolando, trançando, fazendo permanentes até que as mulheres estivessem satisfeitas ou com pressa demais para se importar.

Logo depois das três, as duas assistentes mais novas saíram juntas, evitando os olhos de Ogechi, mas sorrindo maliciosamente, como se soubessem o que estava por vir. Mama terminou a última cliente e acariciou uma peruca, aguardando.

– Mama, eu...
– Cadê o dinheiro?

Era uma rotina que Mama se recusava a pular. Ela sabia muito bem que Ogechi não tinha nenhum dinheiro. Ogechi morava em um dos prédios de Mama, o aluguel que pagava consumindo praticamente todo o salário miserável que recebia, e comia uma vez por dia, na lanchonete de Mama.

– Eu não tenho.
– Bom, o que você vai me dar, então?

Ogechi sabia que não adiantava sugerir nada.

– Mama, o que você quer?
– Eu só quero um pouco mais da sua alegria, Ogechi.

A mulher já tinha pego quase toda sua empatia, a ponto de ela acabar cuspindo nas mãos de mendigos. Ela tinha começado a pedir alegria da última vez, concordando em abençoar o bebê de lã somente se Ogechi cedesse só um pouquinho, só uma gota, para ela. Toda essa empatia e alegria e sabe-se lá mais o que Mama pegava dela e de todas as garotas desesperadas que visitavam seu quartinho dos fundos, mantinham a sua bênção ativa, mesmo que ela já devesse ter se esgotado há muito tempo. Ogechi tentava pensar nisso como uma troca justa, um pouco de sua vida pela vida do bebê. Qualquer coisa menos voltar para a própria mãe, para suas exigências e seu pragmatismo.

– Sim, Mama, pode pegar.

Mama tocou o ombro de Ogechi e ela se sentiu um pouco triste, mas nada que não fosse passar em alguns dias. Era uma troca justa.

– Termine as coisas aqui enquanto eu verifico a comida.

Não fazia nem três minutos que Mama tinha saído quando uma moça entrou. Ela era maravilhosa, com cabelos longos e naturais e dedos delicados e uma pele macia e lisa como chocolate. E em seus braços ela carregava algo que Ogechi não acreditaria que existia se não estivesse vendo com os próprios olhos. O bebê era de porcelana, com um rosto liso e vidrado, um sorrisinho mimado. Ele usava um vestido branco de babados e meias de babados e sapatos de solas macias que nunca tocariam o chão. Só uma mulher muito rica e sortuda conseguiria manter uma coisa tão delicada intacta pelo ano necessário para a criança se tornar de carne e osso.

– Estamos procurando essa tal de Mama. Esse é o lugar certo?

Ogechi se acalmou o bastante para dizer para a moça ir até a loja ao lado, então caiu em um surto de lágrimas invejosas. Ela nunca teria um bebê daqueles. Mesmo os bebês de ráfia que vira pela manhã pareciam esponjas sujas feitas para sugar desgraças perto dessa criança de porcelana, que nunca conheceria nenhuma desgraça. Se a mãe de Ogechi tivesse visto a criança, teria rido de como ela se tornaria ridícula, de como ela precisaria de carinho constante. Nunca tinha ocorrido a ela que crianças de lama também precisavam de carinho.

Onde Ogechi poderia conseguir esse material tão bonito? As únicas coisas aqui eram as revistas lustrosas que anunciavam novas modas; garrafas vazias, que Mama enchia de água perfumada e tentava vender; e cabelo. Cabelos por todos os lados, curtos, longos, falsos, naturais, pretos como obsidiana, insanamente loiros, vermelhos como sangue. Ogechi virou a sacola que tinha usado para recolher os cabelos varridos, e eles caíram em uma pilha de sujeira. Pegou um punhado e sacudiu a poeira. Será que ousaria?

Depois de tampar o ralo de uma das pias, despejou meio copo do xampu mais caro da Mama. Quando o recipiente estava cheio de água e com bastante espuma, mergulhou o cabelo e começou a esfregar. Encheu a pia mais duas vezes, até a água sair limpa. Então, ensopou o cabelo com condicionador, enxaguou, e secou com uma toalha. Depois disso, juntou as mechas sedosas e começou a trançá-las.

Trabalhou e trabalhou até a bola de cabelo se tornar um corpo com protuberâncias, e as protuberâncias se tornarem braços, dedos. As mechas se emaranharam até ficarem quase impenetráveis. Este bebê não se engancharia nas coisas até se desfazer. Este bebê não se dissolveria na água nem na chuva nem em acetona, como aquele bebê de plástico. Este não era um bebê de açúcar e temperos que seria atacado por formigas e viraria caramelo em menos de um dia. Este não era um bebê para treinamento, feito de lama, que ela jogaria em uma boca de lobo longe de sua casa.

Embrulhou a criança em um lenço de cabeça e foi encontrar Mama. A mulher maravilhosa e seu filho maravilhoso já tinham ido embora. Mama estava sentada na sala, contando uma quantidade espantosa de dinheiro. Ela só disse para Ogechi entrar depois de terminar.

– Mais um?

– Sim, Mama.

Ogechi não desembrulhou a criança e Mama não pediu para vê-la, já há muito entediada com as atitudes da garota. Elas cantaram a canção tradicional:

Aonde você está indo?
Estou indo para casa.

Quem vai te receber em casa?
Minha mãe vai me receber.

O que a sua mãe vai fazer?
Minha mãe vai abençoar a mim e ao meu bebê.

Mama completou com seus versos especiais:

Do que Mama precisa para abençoar esta criança?
Mama precisa de tudo que eu tenho.

O que você tem?
Eu não tenho dinheiro.

O que você tem?
Eu não tenho posses.

O que você tem?
Eu tenho um coração cheio.

Do que Mama precisa para abençoar esta criança?
Mama precisa de um coração cheio.

Então, Mama abençoou Ogechi e o bebê e, no lugar de uma festa para celebrar, deu de presente uma torta de carne grátis. E pegou um pouco mais de alegria.

Havia motivos para Ogechi não levantar o lenço e deixar Mama ver a criança. Primeiro, ele era feito com itens encontrados na loja de Mama, e mesmo que eles fossem lixo, Mama os adicionaria ao seu registro de débitos. Em segundo lugar, todo mundo sabia como era arriscado fazer uma criança com cabelos, impregnada com a identidade da pessoa de quem tinham caído. Mas uma criança feita dos cabelos de várias pessoas? Era proibido.

Mas o bebê era brilhante, e as mechas vermelhas reluziam de forma bonita sob a luz, e ele era resistente o bastante para durar um ano, com certeza. E depois desse ano ela o levaria para a casa da mãe e o jogaria (não o bebê, mas o conceito) na cara dela. Ela manteve o bebê coberto até mesmo no ônibus, onde as pessoas lançavam olhares disfarçadamente e uma mulher tentou cantar a canção, mas Ogechi olhou fixamente para frente e não respondeu ao chamado.

O corredor que levava até a porta do seu pequeno apartamento era tão imundo que ela precisava andar nas pontas dos pés, pensando que se a locatária não fosse a Mama, ela reclamaria.

Já em seu quarto, deitou o bebê em um travesseiro velho dentro de uma gaveta vazia. De manhã, ele ganharia vida, e em um ano ele seria forte e lindo.

Havia uma lenda antiga sobre crianças de cabelo: Há muito tempo, meninas recolhiam os cabelos que perdiam todos os dias, até terem o bastante para tecer um bebê. Um dia, passou uma tempestade pela cidade e o vento fez todos os maços de cabelos voarem dos lugares onde estavam escondidos até o meio da praça, onde todos ficaram emaranhados uns aos outros. As moças tentaram separar seus próprios cabelos dos outros. As mães mais velhas acharam graça do histrionismo das garotas, como elas discutiam sobre as mechas mais longas e sedosas. A comoção foi resolvida da seguinte maneira: cada garota retiraria uma mecha de cada vez do monte, até todas terem a mesma quantidade. Algumas reclamaram, algumas ficaram contentes, e cada uma foi para casa com um maço idêntico.

Quando chegou o momento de os bebês serem abençoados, todas as garotas se apresentaram; todos os maços tinham atingido a consistência necessária ao mesmo tempo. Houve uma celebração gigantesca por este evento que acontece uma vez a cada século, e mães chorosas abençoaram os bebês das suas filhas chorosas.

Na manhã seguinte, todas as novas mães tinham sumido. Algumas sem deixar nenhum sinal, algumas reduzidas a uma pilha de ossos limpos, outras, não tão limpos. Mas isso era só uma lenda.

O bebê estava acordado de manhã, chorando em sons secos, como hastes de trigo sendo esfregadas umas nas outras. Ogechi correu até ele e sorriu para o rosto fibroso e sem olhos que virou na sua direção.

– Olá, bebê. Eu sou sua mãe.

Mas ele continuou chorando, faminto. Ogechi tentou alimentá-lo com o detergente que dava para o de lã, mas ele atravessou o bebê como se atravessasse uma peneira. Mesmo que ela soubesse que não funcionaria, tentou a água com açúcar que tinha dado ao bebê feito de doce, mas o resultado foi o mesmo. Ela segurou o bebê, a estridência do choro machucando seus ouvidos. Deu um suspiro exasperado e sentiu o cheiro do xampu e condicionador caros da Mama, respondendo a sua pergunta.

– Você vai ser um bebê caro, não vai? – Ogechi disse, sem raiva. Uma criança que custa muito, traz muito.

Ogechi o embrulhou em tiras rasgadas do seu segundo vestido, enrolando o pequeno torso e braços e pernas até ele estar quase totalmente coberto, deixando para fora o que Ogechi imaginava serem o nariz e a boca. Ela tentou alimentá-lo com seu próprio xampu por enquanto, tão luxuoso quanto o fundo de um ralo, mas o bebê recusou. Só quando Ogechi prendeu o bebê nas costas foi que percebeu o que ele queria. O bebê se arrastou para cima, mais e mais, até apoiar a cabeça na parte de trás do seu pescoço. Então ela sentiu o bebê sugando gentilmente sua nuca, engolindo seus cabelos emaranhados. Ahh: assim seria mais fácil.

Ogechi decidiu andar até o trabalho, já que não sabia como continuar alimentando o bebê no ônibus e ainda mantê-lo escondido, mas ela estava com medo dos cruzamentos movimentados que teria que atravessar quando se aproximasse do salão da Mama. As pessoas passando com olhos curiosos, os mendigos examinando e calculando o valor de cada transeunte. Alguém perceberia, perguntaria.

Mas quando ela chegou no cruzamento, nenhuma pessoa olhou para ela. Estavam todos agrupados numa pequena multidão, olhando para alguma coisa que Ogechi não conseguia ver por causa de todos os corpos na sua frente. Após assistir uma mulher tentar subir no toldo baixo de um prédio ali por perto e falhar, Ogechi conseguiu subir em um único – porém elaborado – movimento. Garotas de lama serviam para algumas coisas. Ela ignorou a mulher, que estendia os braços pedindo ajuda para subir, e ficou de pé para ver o que tinha chamado a atenção de todo mundo.

Eram uma moça e sua mãe, e mesmo que Ogechi não pudesse ouvir o que elas diziam, a pose, o jeito das bocas, tudo era familiar. Elas estavam revelando uma criança em público? No meio do dia? Mesmo uma garota como ela sabia que isso era vulgar. Não era de se espantar que as pessoas tivessem se juntado para ver. Essa criança devia ter alguma importância, para ser apresentada assim, publicamente. Do que ela era feita, ouro? Não, a mulher e a moça não estavam vestidas bem o bastante para isso. As roupas delas eram iguais às de Ogechi.

Ogechi se assustou quando a criança se moveu. O que ela tinha pensado ser um babado ridículo no vestido da moça era, na verdade, o bebê, nada mais do que gravetos e galhos interligados – aquilo ali era grama? –, presos com um pano velho. Restos. Um bebê de lixo. Ele chorou, e o som era tão desesperado e seco que Ogechi imaginou uma chama saindo da boca do bebê. Um soluço interrompeu o som e, quando ele voltou, era um choro humano. A mãe da garota riu e dançou, e a garota só chorou e apertou o bebê contra o peito. Elas o revelaram juntas, descartando uma pele grossa feita de galhos e pano, e Ogechi inclinou-se o máximo que conseguiu para ver qual era a característica tão especial que necessitara uma aparição pública.

A multidão ficou tão desapontada quanto ela. Era apenas uma criança comum, com um rosto comum. As pessoas começaram a dispersar, algumas insultando as duas mães e o bebê que estava seguro entre elas, dizendo que elas tinham desperdiçado o tempo de todo mundo. Outras pessoas as parabenizavam com entusiasmo – afinal de contas, era um bebê. Mas tinha alguma coisa estranha, e Ogechi não queria ir embora até descobrir por que estava tão incomodada com a cena.

Era o rosto da nova mãe. A criança era tão sem graça quanto mingau, mas o rosto da mãe estava maravilhado. Podia-se acreditar que o bebê era feito de seda. Podia-se pensar que o bebê era incrustado de diamantes. Podia-se perceber que o bebê era amado. A mãe segurava a mãe, que segurava o bebê, um emaranhado de braços comuns de mulheres comuns.

"Eu mereço mais do que isso", pensou Ogechi.

No salão, as duas jovens assistentes preparavam suas estações e viraram os olhos quando viram Ogechi e a criança viva presa às suas costas. A tradição forçou-as a serem educadas, e, entre dentes, elas cantaram:

> Boas-vindas à nova mãe.
> *Eu sou bem-vinda.*

> Boas-vindas à nova criança.
> *A criança é bem-vinda.*

> Que os seus dias sejam mais longos do que os seios de uma mãe velha e mais cheios do que a barriga de um homem rico.

Elas voltaram ao trabalho assim que terminaram de falar, como se a canção fosse um espirro, desculpado e esquecido. Porém, elas perceberem o ar satisfeito de Ogechi, tão diferente da ansiedade que normalmente a seguia quando uma de suas crianças era abençoada. As duas moças foram obrigadas a tratá-la com respeito, saindo do caminho quando Ogechi passou varrendo, diferente do que teriam feito no dia anterior. Quando Mama entrou, ela pausou, sentindo no ar que o poder tinha trocado de mãos, mas isso não significava nada para ela. Que diferença faz uma unha do pé discutir com a outra? Ela olhou para o pacote nas costas de Ogechi, mas não examinou mais de perto, e nem examinaria, contanto que o bebê não interferisse no trabalho e, consequentemente, no dinheiro.

Ogechi estava grata pelo silêncio do bebê, mesmo que a sucção em seu pescoço tivesse piorado durante o dia e se tornado uma dor insuportável. Ela estava cansada, como se o bebê estivesse roubando sua energia. Sempre que tentava colocar um dedo entre sua nuca e a boca do bebê, a sucção acelerava, e ela percebeu que era melhor deixar assim. No final do dia, Mama a interpelou, com uma mão em seu ombro.

– Então, você está feliz com este?
– Sim, Mama.
– Será que eu posso pegar um pouco dessa felicidade?
Ogechi sabia que não era boa ideia negar diretamente.
– O que eu ganho em troca?
Mama riu e a deixou ir embora.

Quando Ogechi retirou o bebê no final do dia, encontrou na sua nuca um pedaço em carne viva e sangrento, careca. No ônibus voltando para casa, sentou nas últimas fileiras, segurando o bebê contra seu ouvido para que ninguém o enxergasse. O bebê imediatamente se grudou às suas costeletas e Ogechi passou o caminho todo assim, o bebê sugando até ela ficar com dor de cabeça. Em casa, cortou um pequeno chumaço de cabelo e deu para a criança, que engoliu o pedaço macio como se fosse uma esponja absorvendo água. Então ele dormiu, e Ogechi também.

Se Mama estranhou o novo espírito ambicioso de Ogechi, não disse nada. Ogechi se oferecia para aparar pontas duplas. Para desentupir a pia. Mantinha o salão tão limpo que as pessoas começaram a achar que ele seria vendido. Ela descobriu que o bebê não gostava de cabelos falsos e não os engolia. Cabelo sujo era melhor, com o sabor da pessoa de quem tinha caído. Ogechi conseguia alimentar o bebê constantemente, mas precisava de mais a cada dia. Todo o cabelo que recolhia em um dia no salão já não estava mais lá pela manhã. Ogechi não tinha escolha e prendia o bebê às suas costas, permitindo que ele se alimentasse da sua nuca, que piorava a cada dia.

Mama não estava curiosa sobre o bebê, mas as duas assistentes estavam. Quando Ogechi se recusou a deixar que o vissem, o novo respeito voltou a ser malícia, mas dez vezes pior. Elas faziam questão de bagunçar tudo, espalhando cabelos depois que Ogechi já tinha limpado, derrubando garrafas de xampu, até que Mama puxou as orelhas das duas por desperdiçarem produtos. Uma das garotas – a mais baixinha, que tinha uma cicatriz horrível no braço – foi mais ousada e tentou arrancar o lenço que cobria a cabeça do bebê, e saiu correndo e rindo quando Ogechi reagiu. Tornou-se exaustivo tentar escapar dela, e Ogechi começou a esconder o bebê dentro do salão nos dias em que chegava mais cedo, espremendo-o entre as perucas ou atrás das embalagens fechadas de xampu, e a garota ficou mais petulante; depois, entediou-se e desistiu.

Num dia em que a criança estava escondida entre as perucas, Ogechi, as outras assistentes e Mama estavam almoçando no restaurante ao lado quando uma mulher parou para falar com Mama.

– Boas-vindas.

– Eu sou bem-vinda – disse Mama. – O que é que você quer?

Normalmente, Mama era mais gentil com as clientes, mas essa mulher lhe devia dinheiro, e Mama subtraía cada moeda devida das suas gentilezas.

– Mama, eu vim pagar a minha dívida.

– É mesmo? Esta é a terceira vez que você vem pagar a sua dívida, e mesmo assim tudo continua igual.

– Eu tenho o dinheiro, Mama.

– Deixa eu ver.

A mulher puxou uma carteira da parte da frente do vestido e contou em voz alta o dinheiro devido. Assim que as notas mudaram de mãos, Mama era só sorrisos.

– Ahh, uma mulher de palavra. Querida, sente-se. Você está com uma aparência ruim hoje. Por que não arranjamos uns cabelos para você?

A mulher estava tão surpresa com a bondade de Mama que nem percebeu o insulto. Mama mandou uma das outras assistentes ir até o salão, especificando qual peruca ela deveria trazer. Uma peruca que estava perto de onde Ogechi tinha escondido o bebê.

– Eu vou, Mama – Ogechi disse, levantando-se, mas um tapa na sua cara a fez sentar novamente.

– Alguém falou com você, Ogechi? – Mama perguntou.

Ela já sabia que não era para responder.

A assistente com quem Mama tinha falado saiu do restaurante com uma expressão de desdém, e a outra sorriu para o prato. Ogechi enrolou os dedos na borda do vestido e tentou acalmar a respiração. Talvez se fosse a primeira a falar com a garota quando ela voltasse, pudesse implorar. Ou suborná-la. Tudo para manter o bebê em segredo. Mas a garota não retornou. Depois de um tempo, a mulher que havia pago a dívida ficou inquieta e levantou-se para ir embora. Mama disse, com uma fúria muda:

– Sente e espere.

E para Ogechi:

– Vai, pegue a peruca e diga para aquela garota que se ela aparecer de novo, eu arranco o coração dela – Mama não estava acostumada a ser desobedecida.

Ogechi correu para o salão esperando encontrar a garota boquiaberta, olhando para seu filho estranho e fibroso. Mas a garota não estava lá. A peruca que deveria trazer estava no chão, e lá, no lugar onde ela tinha deixado, estava o bebê. Ogechi empurrou-o para trás de outra peruca e correu com a primeira de volta para Mama, que insistiu que a mulher ficasse com ela. Então, Mama deu seu preço, esticando a mão à espera do pagamento. A mulher hesitou, mas pagou. Mama não dava nada de graça.

A assistente não voltou para o salão, e Ogechi preocupou-se que ela tivesse pedido conselhos às mães anciãs. Mas ninguém veio ao salão, e quando Ogechi saiu depois de fechar, não havia uma multidão para julgá-la. A segunda assistente foi embora assim que Mama permitiu, chamando a outra repetidamente. Ogechi buscou o bebê e foi para casa.

Em seu quarto, Ogechi tentou alimentar a criança, mas o cabelo rolava do seu rosto. Ela tentou novamente, selecionando os fios e as mechas que ele geralmente preferia, mas todos foram rejeitados.

– O que você quer? – Ogechi perguntou. – Este cabelo não é bom o bastante para você? – isso foi dito sem malícia, e ela se inclinou para beijar a barriga do bebê. Estava quente, e Ogechi recuou com o calor inesperado.

– O que tem aí? – ela perguntou, uma pergunta retórica para a qual ela não esperava uma resposta. Mas o bebê riu e Ogechi reconheceu o som. Era a risada que ela ouvia quando tropeçava sobre toalhas usadas ou deixava cair a vassoura com as mãos desajeitadas. Era a risada que tinha ouvido quando Mama a estapeou no restaurante.

Ogechi recuou ainda mais, e o bebê se esforçou para olhá-la, eventualmente ficando de lado. Ele parava quando ela parava, então Ogechi ficou imóvel, mesmo depois de um ronco assinalar que ele dormia.

Será que ela deveria pedir ajuda? Ou contar para Mama? Ajuda de quem? Dizer o que para a Mama, exatamente? Ogechi pesou suas opções até o sono pesar suas pálpebras. Logo, cedo demais, era manhã.

O bebê estava chorando, faminto. Ogechi aproximou-se com cautela. Quando ele a viu, a textura de seu choro amoleceu e – Ogechi não pôde evitar – ela também amoleceu. Era dela, não era? Para o bem ou para o mal, a criança era dela. Tentou alimentá-lo com os cabelos de novo, mas ele não quis. No entanto, ele mordeu forte o dedo de Ogechi, surpreendendo-a. Ela não tinha lhe dado dentes.

Mais do que qualquer coisa, ela queria deixar o bebê em seu quarto, mas a estranheza de seu choro poderia chamar atenção. Ela o enrolou com o lenço, tremendo ao sentir o calor da barriga. Ele se grudou à sua nuca com uma sucção poderosa que embaçou sua visão. "Este é o tipo de coisa que uma mãe deve fazer por seu filho", Ogechi disse a si mesma, resistindo ao desejo de arrancar o bebê do pescoço. "Uma mãe deve se entregar completamente ao filho, mesmo que ele exija a medula de seus ossos. Especialmente uma criança como esta, forte e macia e cintilante".

Depois de alguns minutos, a sucção ficou suportável; o bebê estava saciado.

No Emporium, Ogechi manteve o bebê com ela, preocupada que ele choraria se fosse removido. Além disso, a assistente impetuosa que tentara revelar o bebê não estava mais no salão e Ogechi sabia que ela nunca mais voltaria. A outra assistente estava com os olhos vermelhos e choramingava, incapaz de parar mesmo depois de Mama lançar olhares de aviso. No fim do dia, a cabeça de Ogechi latejava e ela tremia de cansaço. Ela queria chegar em casa e arrancar o bebê. Ela estava pensando no alívio que isso traria quando a assistente restante disse:

– Por que você não perguntou sobre ela?

– Quem?

"Resposta idiota", pensou assim que as palavras saíram.

– Como assim "quem"? Minha prima que desapareceu, por que você não perguntou onde ela está? Até a Mama perguntou por ela.

– Não sabia que vocês eram primas.

A garota percebeu que Ogechi estava enrolando.

– Você sabe o que aconteceu com ela, não sabe? O que você fez?

A resposta saiu sem que Ogechi pudesse controlar.

– A mesma coisa que vou fazer com você – disse, e a assistente deu um passo para trás, depois outro, e saiu correndo.

Em casa, Ogechi colocou o bebê na cama e a ficou observando até ela dormir. Sentiu a barriga, que agora esfriava, e recuou ao pensar no que poderia estar ali dentro. Então o bebê soltou um pequeno suspiro cabeludo de sua pequena boca cabeluda e Ogechi sentiu, novamente, um amor de mãe.

Na manhã seguinte, era a vez de Ogechi abrir o salão e ela chegou mais cedo para banhar o bebê com o xampu bom da Mama, ensopando seu rosto texturizado, evitando as mordidas daquela boca sempre faminta. Ela estava enxaguando o bebê quando a outra assistente entrou. De cara, ela recuou de medo, mas então entendeu tudo, Ogechi na pia, o xampu precioso da Mama na borda, espuma cobrindo sabe-se lá o que... e ela se virou, maliciosa, correndo para fora e gritando para Mama. Sabendo que não faria diferença chamá-la, Ogechi enrolou rapidamente o bebê de volta em seu velho vestido rasgado, derrubando o xampu na sua pressa. Foi quando Mama entrou.

– Ouvi dizer que você está lavando alguma coisa na minha pia – Mama olhou para a garrafa derrubada, e então para Ogechi. – Você está lavando as suas roupas no meu salão?

– Eu sinto muito, Mama.

– Sente quanto, Ogechi, querida? – Mama disse, calculando. – Você sente o bastante para me dar um pouco da sua felicidade? Para que possamos deixar isso tudo para trás? – não havia necessidade de uma canção agora, nenhuma criança para ser abençoada. Mama simplesmente estendeu a mão e segurou, mas o que ela pensava ser o ombro de Ogechi era, na verdade, a cabeça do bebê embrulhado.

Mama caiu no chão, tremendo de forma vulgar. Seus olhos giravam como se ela quisesse ver tudo ao mesmo tempo. Ogechi fugiu correndo. Correu até em casa e, mesmo em pânico, percebeu o calor do bebê em seus braços, como as brasas de um fogo recém-aceso. Em seu quarto, jogou o bebê na cama, esperando ver marcas de carne queimada em seus braços, mas não encontrou nenhuma. Ela examinou o bebê, mas ele não parecia diferente. Ainda era um denso emaranhado de fibra escura, com o ocasional reflexo vermelho. Ela não tocou nele, mesmo que esse fosse seu desejo de mãe. A qualquer momento, Mama apareceria com seus capangas, e Ogechi estava assustada demais para pensar em outra coisa. Mas Mama não apareceu, e ela adormeceu à espera da batida na porta.

Ogechi acordou no meio da noite com o bebê de cabelo sobre ela. Ele não deveria ser capaz de ficar em pé, e muito menos de subir na cama. Também não deveria ser capaz de agarrar seus cabelos tão forte a ponto de seu couro cabeludo arder, ou de enfiar alguma coisa na sua boca para abafar um grito. Ela tentou rasgá-lo, mas as tranças eram muito firmes. Foi só quando ela o bateu contra a parede que ele a soltou. Ele atravessou o cômodo e escondeu-se em algum lugar que a vela não alcançava. Ogechi recuou até a porta, apurando os ouvidos, mas qual é o som que cabelo faz?

Quando o bebê de cabelo pulou na cabeça de Ogechi, ela gritou e se sacudiu, mas ele agarrou novamente os cabelos dela, ainda mais forte. Ela então fez uma coisa que a assombraria para sempre. Levantou a vela e o incendiou. E quando o bebê caiu no chão se contorcendo, ela o cobriu com uma panela e ficou segurando até muito depois de seus dedos terem ficado com bolhas, até o bebê, mesmo tão forte como tinha sido feito, parar de se mover.

Do lado de fora, sentou-se no pequeno degrau em frente à entrada do apartamento. Ninguém tinha percebido o barulho – este não era o tipo de prédio onde as pessoas verificavam o motivo dos gritos. Com o queixo nos joelhos, Ogechi soluçou em sua pele calosa, sentindo, em parte, alívio, mas, também, outra coisa – uma porção de empatia que Mama não conseguira roubar. Havia tanta terra no chão, tanta terra em todos os lugares ao seu redor. Quando ela voltou para a sala e levantou a panela, viu todas aquelas mechas lindas e brilhantes transformadas em cinzas. Então, colocou terra na panela e adicionou água.

Isso ela sabia. Como fazer barro firme – algo que ela nascera para fazer. Quando a mistura estava certa, adicionou um punhado das cinzas. Faça esse bebê nascer da tristeza, disse a si mesma. Faça esse bebê viver com tristeza. Faça esse bebê não se tornar uma moça tola e esperançosa com alegria para oferecer. Ogechi formou a cabeça, os braços, as pernas. Deu a ele o rosto de sua mãe. De manhã, pegaria folhas para protegê-lo da chuva.

As meninas da Buchi

Buchi acordou com o *chaque-chaque* do machete cortando a grama e o cacarejar ofendido da galinha, que se incomodava com o barulho. Em intervalos curtos, um *ping* ecoava quando a lâmina atingia a base da casa. Ela sabia que o som afiado acordaria as filhas. Se dependesse dela, as meninas dormiriam o quanto quisessem – dias, meses até. Elas com certeza mereciam.

Colocou a mão debaixo de Damaris que, aos seis anos, era a mais jovem, e suspirou quando sentiu a umidade. Precious cortaria sua cabeça. Era para a menina dormir nas tábuas cobertas de lona – que fazia barulho sempre que ela se mexia e se virava –, mas quando Damaris tinha sentado e olhado para a mãe e a irmã aconchegadas na cama grande, a boca formando um beicinho já familiar, Buchi não conseguira resistir. Além disso, quanto mais corpos na cama, melhor. Dormir sozinha a lembrava de que antes de ter sido mãe, ela tinha sido esposa, e antes disso, namorada, e a cama precisaria se tornar outra coisa para que ela sobrevivesse.

Buchi tornou-se uma especialista em interpretar as expressões da filha, quase tão boa quanto Louisa, sua mais velha, que entendia Damaris completamente, mesmo que a criança não falasse uma palavra desde a morte do pai. Antes disso, ela tinha sido uma menina tagarela, inquisitiva e mandona.

A lâmina soou de novo e de novo. Louisa acordou como um animal assustado, mas relaxou quando viu a mãe. Seu sorriso era fraco, com tristeza visível por trás. Ele desapareceu completamente quando ela encostou no joelho na irmã mais nova.

– A Damaris molhou a cama!

– Eu sei, amor.

– A Titia vai ficar brava.

Buchi sentiu a garganta fechar.

O *chaque-chaque* do machete parou e foi substituído pelo *raque-raque* do ancinho.

– Nós não vamos contar pra ninguém. Vem, me ajuda.

A conversa delas acordou Damaris e a menina piscou, acordando, e ao perceber a umidade embaixo dela, começou a chorar.

– Shh, tá tudo bem, querida, vamos, vamos.

Damaris ergueu os braços e Buchi a pegou no colo, e embalou-a até acalmá-la antes de entregá-la a Louisa.

Na cozinha, Buchi colocou uma panela de água para ferver e ligou a chaleira. O barulho do ancinho tinha parado e, se ela estivesse perto o suficiente, ouviria Lawrence cantar uma de suas canções *Yoruba*, praticamente o único som que ele fazia além de quando falava com as meninas. Sua voz era terrível, mas ela nunca arriscaria a amizade, que fora tão difícil de conquistar, dizendo isso, mesmo que brincando. Encheu duas xícaras de chá e separou um sachê de Ovomaltine para que as meninas compartilhassem.

Lawrence aproximou-se da porta dos fundos e ela rapidamente passou manteiga e geleia em duas fatias de pão antes que ele pudesse se opor ao excesso. A porta de tela se abriu e ele ficou ali esperando. Buchi não perdeu tempo tentando fazê-lo entrar. Precious tinha-o treinado bem demais para isso.

– Bom dia, ma.

– Bom dia, Lawrence.

Ela lhe entregou a xícara de chá, cremosa com leite e açúcar, e as fatias de pão. Verificou a panela de água, depois levou seu café da manhã até os degraus, juntando-se a ele. Ela precisava disso, esses poucos momentos quietos de companheirismo antes da monotonia do dia. Lawrence tomou seu chá e soltou sons baixos de satisfação

enquanto mastigava. Esse era um homem que gostava de açúcar.
— A Damaris molhou a cama hoje.
Ele grunhiu e murmurou:
— Que droga.

O pedido de Buchi para que ele fosse gentil com a filha não foi dito em voz alta. Mais gentil. Quando ela e as meninas tinham se mudado para a casa da irmã e do cunhado alguns meses antes, menos de um mês depois da morte de Nnamdi, as duas estavam muito difíceis. Damaris, embora silenciosa, mudava de humor constantemente. E Louisa, querida Louisa, tinha tanto medo de que as mandassem embora que colocava todo o seu esforço em ser boa e cuidadosa, perdendo a vontade de brincar.

Lawrence, calejado, sem dúvidas, pelas interações com as quatro crianças mimadas que moravam na casa — que se pareciam com a mãe, mas tinham o temperamento do pai —, manteve-se distante das meninas no início. Mas depois do dia em que encontrou Damaris tendo um surto no jardim e Louisa inclinando-se sobre ela, implorando-lhe que ficasse quieta ou "eles vão nos mandar embora", ele tinha ficado mais doce com elas. Damaris reagiu à docilidade, seguindo-o, arrancando ervas daninhas onde ele arrancava ervas daninhas e alimentando as galinhas, cuja quantidade variava com as refeições e as recompras, cada uma cumprindo seu destino no prato. Todas, menos uma.

Kano era o menor pintinho de uma ninhada, e uma empregada — elas nunca duravam muito na casa — tinha sido enganada pelo vendedor e o comprara. Presa em uma adolescência eterna, a galinha nunca crescera e não colocava ovos, e tinha passado de futura refeição para animal de estimação da família. Buchi e Kano compartilhavam uma aversão mútua, mas o pássaro e as meninas se davam muito bem. Especialmente Damaris, que cuidava da pequena galinha como se fosse sua filha. Elas se revezavam na tarefa de seguir uma a outra, e às vezes o pássaro temperamental surtava e perseguia Damaris ao redor da casa, e Buchi e Louisa riam e riam quando ela passava correndo e gritando pela porta da cozinha. Então, Kano parava tão abruptamente quanto começara e ciscava ao redor dos pés de Damaris, e a garotinha se agachava perto dela para brincar.

– Vai alimentar a sua esposa – Buchi dizia, entregando um pedaço de pão para a filha, e Damaris corria para dá-lo ao pássaro.

Agora, Kano ciscava embaixo dos degraus, aguardando sua generosidade. Lawrence jogou algumas migalhas para ela, que passou a bicar freneticamente. Eles observaram o pássaro até Buchi ouvir o chiado de água batendo no fogão quente, seguido de um som que a fazia ranger os dentes.

– Buchi! Buchi! – a irmã chamava de algum lugar da casa.

Todos dispersaram, pássaro, homem, mulher. Buchi pegou a xícara de Lawrence, ainda pela metade. Precious teria um ataque se visse o homem usando uma das suas canecas. Engoliu o último gole de chá, engasgou-se e quase caiu quando Lawrence bateu nas suas costas.

– *Chineke*, antes que a Madame veja e te acuse de agressão.

Ela foi recompensada com o início de um sorriso, o que, para Lawrence, era o mesmo que uma gargalhada. Assim que se mudara para a casa da irmã, Precious tinha desencorajado qualquer abertura amigável para com o empregado. "Ele vai começar a ter ideias". Mas Buchi persistira e foi recompensada com raros sorrisos, o cuidado que ele tinha com suas filhas e um ouvinte gentil. Embora raramente oferecesse conselhos, o velho era alguém com quem ela podia conversar. E os pedaços que ela conheceu sobre ele – que ele era o mais velho de nove irmãos, que sua mãe havia morrido só no ano passado, que em uma vida passada ele tinha sido motorista do Abacha – eram pedras preciosas que ela tinha arrancado do local onde tinham estado calcificadas.

– Buchi! – mais alto, agora. Apressou-se para encontrar Precious antes que a irmã fosse procurá-la no quarto de hóspedes.

Precious segurava o celular em uma mão e fechava o robe com a outra. Ela não disse nada até Buchi cumprimentá-la.

– É pra você, aquela sua amiga da África do Sul.

Buchi largou as canecas e arrancou o telefone da mão da irmã.

– Ijeoma, *kedu*?

– Tudo bem, como vai você? – Ijeoma respondeu. Mas Buchi, consciente de que Precious estava atrás dela, não podia responder com a honestidade que gostaria.

– Estamos bem, minha querida. Desculpa, esqueci de carregar o telefone.

Elas continuaram numa conversa cordial, Buchi levando a conversa para longe de territórios perigosos até que pudesse se afastar educadamente de Precious. Ela se virou para sorrir para a irmã e congelou quando a viu bebendo da caneca pela metade. A caneca de Lawrence. Ela estava olhando as migalhas que Buchi não tinha recolhido ainda, franzindo a testa. Buchi aproveitou esse momento para se afastar.

Segurou o riso até chegar no corredor onde ficavam os quartos dos filhos da irmã. Eles estavam vazios agora, as crianças em um internato no Reino Unido.

– Por que você está rindo?

Buchi contou para Ijeoma sobre Precious e a caneca, e a outra riu também.

– Que bom, bem feito pra ela. Você sabe que eu nunca gostei dela.

Ijeoma era sua amiga mais antiga, as duas eram próximas desde a escola primária, mais ainda no ensino médio. Tinham sido as madrinhas principais nos casamentos uma da outra e tinham passado por quase todos os momentos importantes da vida juntas, casando-se e tendo suas primeiras filhas com menos de um ano de diferença. Outros momentos também...

Ijeoma perdera sua única filha para anemia falciforme meses antes de Buchi perder Nnamdi em um acidente. A raiva que Ijeoma sentia da ineficiência do país – eles tinham levado Soma para dois hospitais, muito longe um do outro, até encontrar alguém que pudesse tratá-la – levaram-na para a África do Sul após a morte da menina. E ela ainda considerava ir para os Estados Unidos. Buchi parou na entrada do quarto das sobrinhas, um baú do tesouro com Barbies e coisas do gênero, e ficou apoiada no batente. Ela poderia ter entrado, mas Precious tinha proibido que ela e as meninas entrassem lá. Não queria que as filhas voltassem e encontrassem o quarto "bagunçado" ou brinquedos faltando.

– Eu odeio essa casa. Não tem sido bom pra elas.

O silêncio de Ijeoma a fez reconsiderar.

– Bem, tem sido um pouco bom pra Damaris, acho, mas está transformando a Louisa em um ratinho assustado.

– Você pensou na minha sugestão? Eu perguntei ao Onyeka e ele disse que tudo bem.

A sugestão era que Buchi enviasse Louisa para viver com a amiga, fingindo que ela era a filha morta de Ijeoma. O certificado de óbito ainda não havia sido processado, mesmo depois de todo esse tempo, e provavelmente nunca seria. As meninas até tinham a mesma idade, doze anos. Louisa poderia simplesmente tomar o nome de Soma, entrar em sua vida.

– Por favor, deixe ela vir. Nós sempre precisamos de ajuda por aqui.

"Minha filha precisa ser ajudada, não ser a ajuda", pensou Buchi, mas isso era injusto, e as palavras ficaram em sua garganta. Ijeoma tivera seis filhos, enquanto Buchi tinha tido duas, e a filha mais velha não estava mais lá para aliviar o fardo.

– Vamos ver – disse para a amiga, mas já sabia a reposta. Havia coisas que uma mãe simplesmente não conseguia fazer.

Elas mudaram o tom da conversa com comentários sobre pessoas que conheciam, até o assunto acabar e elas desligarem. Buchi espiou para dentro da cozinha. Encontrando o cômodo vazio, colocou o telefone no esconderijo da irmã, no balcão, atrás do pote de açúcar. Então pegou a panela de água fervente, agora já pela metade, e esvaziou-a em um balde. No quarto de hóspedes, Louisa tinha despido Damaris e a menina mais nova estava esparramada no chão, nua, escrevendo em um antigo livro de atividades, satisfeita, por enquanto.

Louisa também tinha desfeito a cama e empilhado os lençóis empapados no canto. Buchi juntou-se à filha mais velha e elas começaram o trabalho, enxugando o colchão com uma esponja, esfregando-o com Omo e usando a esponja novamente, até que a umidade fosse apenas água que secaria com um resultado menos pungente. Naquele momento, com Louisa esfregando ao seu lado, ela agradeceu pela natureza repentinamente obediente da filha, e sabia que, por mais que a deixasse preocupada, ela também dependia disso.

Com o trabalho dividido entre as duas, os lençóis foram limpos, Damaris foi banhada e vestida, e todas estavam prontas para o dia. O café da manhã das meninas era cereal Golden Morn e um sachê de Ovomaltine compartilhado, da caixa que Precious tinha comprado para os filhos, e que não seria reabastecida até que eles retornassem.

Damaris terminou primeiro e ficou de pé ao lado de Buchi, esperando. Buchi olhou para Louisa.

– Ela quer alguma coisa pra dar pra Kano.

Damaris juntou as mãos, o livro de atividades apertado debaixo da axila, e Buchi despejou uma quantidade generosa de cereal seco. A galinha encontrou com sua filha na porta, como fazia todos os dias, e Damaris empilhou a comida no final da escada. Então abriu o livro e começou a... escrever? Desenhar?

– O que ela está fazendo?

– Eu não sei, acho que escrevendo alguma coisa sobre a Kano. Ela não me deixa ver.

Louisa deu de ombros, juntou as tigelas e os copos e os levou até a pia, onde lavou-os junto com as duas canecas que já estavam lá. Então olhou em volta, procurando outra maneira de ser útil.

– Não, vai pra fora.

Louisa saiu e sentou um degrau acima de Damaris, lendo o livro por cima do ombro da menina. Seja o que foi que viu, fez com que ela desse um sorriso, dessa vez, genuíno.

O resto da manhã foi dentro de casa, com Buchi passando lições para as meninas. Damaris estava aprendendo a escrever palavras, já que não as dizia, e Louisa estava aprendendo matemática básica. Buchi sabia que Louisa estava entediada e provavelmente ficando para trás, mas matemática básica era tudo o que Buchi sabia. Isso era território de Nnamdi que, no passado, tinha sido professor de economia. Ele tinha até encarregado Louisa de, sem saber, fazer o balanço do orçamento deles, através dos problemas que ele elaborava sobre uma família hipotética que precisava sempre administrar uma quantia de dinheiro cada vez menor que tinha que ser esticada e esticada. Então, apenas quando as coisas estavam prestes a desmoronar, o pai, um professor de teologia, finalmente recebia um salário atrasado ou pedia um empréstimo a um tio, e eles começavam a esticar de novo.

Quando Buchi e Nnamdi ouviam falar de pessoas roubando ou enganando pessoas, Nnamdi perguntava a Buchi em particular: "O dinheiro é tudo?". E a resposta correta era não, o dinheiro não era tudo, e que tolice as pessoas se definirem por ele. Essas crenças nobres pareciam estúpidas agora que ela não tinha dinheiro para mandar as filhas para a escola.

Precious prometera falar com o marido sobre isso. Ela e Dickson saíam todas as manhãs às oito para ir ao escritório, onde trabalhavam juntos "com cimento". Era tudo que Buchi sabia sobre o trabalho que lhes permitia ter a vida dos sonhos, com férias em família duas vezes por ano e quatro crianças estudando em Ardingly sem problemas.

Quando as meninas começaram a ficar inquietas, Buchi mandou-as de volta para fora e começou a preparar o almoço para eles e o jantar para Precious e Dickson. Esse era o acordo. Buchi podia ficar, mas teria que fazer por merecer.

Precious não tinha conseguido sequer olhá-la nos olhos quando explicou os termos – cozinhar, limpar, administrar os outros empregados – de Dickson, ela acrescentou, como se isso fosse suavizar o golpe. Buchi não tinha uma opinião sobre Dickson até aquele momento. Ele era espalhafatoso, mas muitas pessoas eram espalhafatosas. Mas era necessária certa crueldade para exigir isso dela quando ela ainda estava lidando com o luto das filhas.

Buchi usou a raiva como combustível para o braço enquanto cortava a carne para o jantar. Ela trabalhou por cerca de uma hora, depois saiu da sala úmida para tomar um pouco de ar fresco. Nos degraus, encontrou um saquinho com pequenas berinjelas brancas e, aninhada no interior, uma bolsinha de amendoins. Sorriu. Lawrence. Moeu os amendoins até virarem manteiga e cortou algumas berinjelas pela metade. Uma rolou para fora da mesa e ela se inclinou para pegá-la, a barriga mole se dobrando. Ijeoma dizia que ela não estava gorda, apenas *alimentada pelo luto*.

Chamou as meninas e elas vieram correndo, uma competição que Louisa deixou a irmã ganhar. Louisa comeu uma berinjela com prazer, enquanto Damaris lambeu a manteiga de amendoim e deu a metade do vegetal amargo para a irmã terminar. A outra metade ela escondeu na mão. Para aquele pássaro tolo, sem dúvida.

Damaris descansou o queixo sobre a mesa enquanto Louisa lavava o prato e limpava o balcão, então as duas foram de novo para o quintal. Buchi observou-as pela janela até elas saírem do seu campo de visão, depois suspirou e voltou para suas tarefas. Louisa faria sua parte antes do dia acabar, mas Buchi tentava fazer sozinha tudo que podia, e se recusava a deixar a filha limpar os banheiros. Louisa até tinha que aguentar as maldades de Precious e Dickson, que se divertiam dando ordens a uma criança ansiosa para agradar, mas isso era o máximo que ela permitiria.

Quando o almoço estava pronto, chamou as meninas, e, depois, continuou com as lições. Mais palavras para Damaris traçar, e para Louisa, uma passagem da Bíblia para ler e resumir. Enquanto as meninas trabalhavam, Buchi limpava o chão, começando no corredor mais afastado, em frente ao quarto principal – que ficava trancado quando Precious e Dickson não estavam em casa –, e seguindo até os quartos das crianças. Fazendo uma pausa para respirar, ela examinou de novo o quarto das sobrinhas. Tapete cor-de-rosa, camas brancas conectadas por prateleiras com livros e brinquedos, uma delas só para bonecas. Buchi balançou nos calcanhares por um momento, depois entrou. Esticou o cobertor já esticado de uma das camas e fez uma expressão de desprezo. Quem precisava de cobertor nesse calor nigeriano? Ah, mas era tão bonito. Dois ursos polares de pelúcia seguiam o tema rosa-e-branco e, em um canto, estava a enorme casa de boneca branca pela qual suas meninas haviam suspirado quando visitaram no passado. A casa de bonecas com a qual elas haviam brincado e que agora estavam proibidas de tocar.

"Mas por que a Precious não trancou esses quartos também?", Buchi se perguntou, repentinamente. A irmã havia dito que as portas abertas faziam parecer que os filhos ainda estavam lá, mas por que provocar as meninas com o que não elas não podiam ter? Buchi foi até a casa de bonecas e pegou uma miniatura perfeita de uma cadeira de cozinha. Que linda. Quebrou uma das pernas, pegou outra pequena cadeira perfeita e quebrou uma perna também. Começou a pegar peças aleatórias, quebrando bordas e maçanetas. Virou-se e foi na direção das bonecas feitas para a casa – merda, quem precisava de trinta e sete bonecas? –, mas parou quando ouviu um suspiro de horror vindo do corredor.

Louisa estava lá, os olhos arregalados.

– Você quebrou – ela estava olhando para a porta da frente

da casa de bonecas, agora pendurada, torta. De onde estava, não conseguia ver a parte de dentro, os móveis em pedaços.

– Está tudo bem, querida, a Mamãe vai consertar. Você quer ajudar?

Louisa balançou a cabeça. Cabras selvagens não teriam conseguido arrastá-la para dentro do quarto. Mas observou Buchi endireitar a porta e, depois dar passagem para a mãe sair, continuou olhando para a casa, depois para as bonecas.– Você quer brincar com uma?

Louisa assentiu.

– Você pode brincar com uma, só uma, eu não conto pra ninguém.

Mas Louisa balançou a cabeça e saiu correndo, como se a simples ideia de fazer isso fosse demais para ela.

Buchi suspirou e continuou limpando o chão. Os móveis de boneca quebrados não seriam descobertos até as crianças retornarem, em dois meses – e ela não queria pensar sobre o que aconteceria, as perguntas que ela teria que responder –, mas o chão sujo seria percebido hoje.

Quando chegou à cozinha, as meninas já tinham completado as tarefas e estavam brincando lá fora. O resumo de Louisa estava em cima da mesa. Buchi levou-o para o banheiro. Sentou na privada, acostumada com a paz que tinha lá, agora que Louisa não ousava mais incomodá-la. Antes, Louisa constantemente perturbava os pais pedindo lanches, dinheiro para comprar lanches ou queixando-se sobre por que Damaris tinha ganhado um lanche maior do que o dela, se ela era a mais velha. Nnamdi dizia que ela era o leitão da Buchi e ela dizia que não, Louisa era o leitãozinho do Nnamdi, e eles passavam a criança gananciosa de um lado para o outro, mas nunca na presença dela. Buchi chorou por alguma coisa que não conseguia identificar.

A morte tinha sido tão estúpida; evitável e estúpida. Eles estavam no carro, indo para o aeroporto de Enugu para buscar um amigo, Damaris cantando no banco de trás, Louisa na escola. Eles estavam adiantados, então Nnamdi parou quando viu um casal do outro lado da estrada pedindo ajuda com seu veículo quebrado.

– *Hian*! Olha pra essa aí – Buchi disse sobre a mulher, que usava um vestido tão apertado que dividia a barriga em duas.

– Seja gentil – disse Nnamdi, imitando, de forma arrogante, o aviso que ela dava às crianças quando elas não estavam se comportando.

Ele fechou a porta e caminhou um pouco para a frente. A mulher que parecia uma salsicha começou a cruzar a estrada, sem dúvida pretendendo atravessar depois de um caminhão que se aproximava, mas o motorista entrou em pânico e desviou dela, atingindo Nnamdi com tanta força que Buchi não conseguiria identificá-lo se não tivesse visto. Se Damaris não tivesse visto.

Uma batida na porta a assustou. Secou as lágrimas do rosto e se esforçou para mantê-las fora da voz.

– Quem é?

– É a Louisa.

– O que é, amor?

– Posso comer outra berinjela?

– Você quer outra?

– Sim, posso?

Se ela podia? Buchi teve que se segurar para não dizer que ela podia comer a sacola toda, e que a Mamãe plantaria um campo inteiro de berinjelas, e um campo de bonecas, também.

– É claro que pode.

E quando a filha saiu, mas voltou para dizer "Obrigada" através da porta, e correu novamente para a cozinha, Buchi lutou para conter outro tipo de choro.

Quando Buchi voltou para a cozinha, o marido da irmã estava lá. Dickson estava sentado daquele jeito esticado, sem inibição, que demonstrava acreditar plenamente em seu direito de ocupar todos os espaços. Nnamdi nunca gostara de sua personalidade espalhafatosa, dizia que apenas os homens com mentes pequenas agiam com tanta grandiosidade, e os esforços para formar uma amizade entre os dois homens sempre foram vãos. O marido de Precious era o tipo de homem de quem as pessoas fingiam gostar porque não podiam arcar com as consequências de fazer o contrário. Sua presença na cozinha interrompeu a energia do cômodo. Louisa estava espremida no canto, tão longe da energia de Dickson quanto seria possível sem ter que sair da cozinha.

– *Oya*, sua irmã disse que você queria falar comigo?

Isso tinha sido há quase duas semanas, mas Buchi sabia que não devia dizer nada.

– Sim. Louisa, você pode ir.

– Ela deveria ficar. Não é sobre ela?

Louisa olhou do tio para a mãe e Buchi colocou um aviso a mais em seus olhos. Era para Louisa sair. Mas fazia muito tempo que ela não tinha de ser tão firme, e a ordem de Dickson acabou substituindo a dela. A menina ficou. Buchi suspirou.

– É sobre a escola. A mensalidade da escola. Eu... eu preciso de ajuda com isso.

Dickson tomou um gole de água.

– Por quê?

– Eu não tenho como pagar a mensalidade.

– Por que não?

Ele não ia facilitar as coisas.

Antes de Buchi conseguir formar uma resposta que preservasse sua dignidade na frente da filha, Damaris passou correndo pela porta da cozinha gritando do seu jeito inofensivo, a galinha logo atrás.

Dickson chupou os dentes.

– Eu deveria matar essa galinha.

– Não!

Isso veio de Louisa, não mais no canto, mas agora bem perto, como se estivesse pronta para atacar o tio fisicamente.

– Eu vou matá-la e comê-la num ensopado.

– Não, você não pode!

Dickson estava claramente brincando; era uma piada maldosa que ficava ainda pior por ele não parar diante do desespero de uma criança, mas ainda assim, era uma piada. Mas Louisa, em seu mundo que havia se tornado preto e branco, não conseguia enxergar isso.

– Você não pode matar a galinha, a Damaris tá escrevendo um livro sobre ela!

– Um livro, *nko*? Bom, ela pode escrever um livro de receitas – Dickson disse, gargalhando com a própria piada.

Isso fez Louisa perder o controle; ela correu até ele e bateu na sua cabeça com seus pequenos punhos. Dickson e Buchi compartilharam um momento imóvel e chocado, então Buchi agarrou a menina antes que o tio pudesse devolver os golpes.

– Na minha própria casa! Uma criança me batendo na minha própria casa!

– Dickson, por favor – Buchi disse, se colocando entre ele e a filha.

– Nós vamos comer aquela galinha hoje à noite. Nós vamos. Lawrence!

– Você não pode, não pode – dizia Louisa, agora chorando. – Mamãe, faz alguma coisa.

Buchi pensou sobre a casa de bonecas cara com os móveis caros, quebrados.

– Shh, Louisa, fica quieta.

O olhar que a filha lançou foi ácido. Louisa saiu correndo, e Buchi soube que algo havia mudado entre elas. Havia um número limitado de coisas que uma mãe podia pedir para uma filha aguentar antes que a ligação entre elas se tornasse escravidão.

Lawrence abriu a porta de tela.

– Boa noite, sah.

– Mata aquela galinha.

Lawrence hesitou.

– Qual, sah?

– Cala a boca e vai, você sabe qual.

Buchi deu um passo à frente para argumentar e recebeu uma bofetada rápida e quente, seguida pelo dedo de Dickson na sua cara.

– Nem uma palavra. Você traz suas filhas pra minha casa pra me insultarem? Eu, que te deixei ficar aqui todo esse tempo? Não, nem uma palavra.

Buchi sempre tinha se considerado uma mulher quieta, que não expunha suas profundezas. Que em condições extremas, encontraria uma fonte interna de força, um ímpeto latente, que, então, acordaria. Mas estes últimos meses, nos quais se dobrara em si mesma, suportando uma mesquinharia após a outra, tinham acabado com essa convicção.

O insulto pulsava em sua bochecha, mas ela não retaliou, não levantou a mão nem o estapeou de volta. Ela nunca estivera mais consciente de que nada, nem mesmo a comida que nutria o corpo das suas filhas, nem mesmo sua dignidade, lhe pertencia. Dickson abaixou o braço. Este era um argumento que ele nunca mais teria que apresentar.

Ele saiu da cozinha e Buchi ficou ali, tremendo. Saiu e encontrou Lawrence segurando o machete e olhando para Kano, que bicava suas sandálias de couro como se pudesse saborear o sal de suor. Lawrence olhou para Buchi, e de volta para o pássaro.

– Damaris? – ela perguntou.

– Na varanda, ma. Com o livro.

Eles compartilharam um momento de contemplação.

– Eu não vou fazer isso. Tem outras galinhas, por que tem que ser essa?

– Lawrence, por favor, só faça.

– Eu não vou, não é...

– Mata logo a porcaria do pássaro ou eu vou matar!

Ela estava chorando agora e não sabia como parar. Lawrence segurou seu cotovelo para ajudá-la a sentar e Buchi explodiu.

– Tira as mãos de mim. Quem você acha que é, tira as mãos de mim.

O velho fechou os olhos. Tirou a mão do cotovelo dela e se afastou. Kano o seguiu, cacarejando em protesto pela velocidade.

Buchi caminhou ao redor da casa, em direção à varanda, pensando em danos irreparáveis, pensando em mulheres completamente destituídas, pensando em Damaris, pensando em Louisa, querida e corajosa Louisa, que merecia algo que ela não podia dar. E Buchi sabia que pegaria o telefone, ligaria para Ijeoma e faria algo que uma mãe simplesmente não conseguia fazer.

O jantar foi quieto. Damaris mordeu seu pedaço de bife e sugou todo o suco antes de cuspir os ligamentos fibrosos em seu prato. Ela não parecia notar a tensão na mesa da cozinha ou como Buchi estava sendo muito agradável com Louisa, ou como Louisa comia pequenas porções de arroz e basicamente ignorava a mãe. Na sala de jantar, Dickson e Precious conversavam, embora Precious, que geralmente reconhecia Buchi com um agradecimento ou elogio à refeição, também a tivesse ignorado. Buchi temia a palestra que sabia que teria que ouvir, sobre como uma esposa deve ficar ao lado do marido e como ela, Buchi, não deveria deixar o diabo usá-la para causar conflitos no casamento de Precious. Dickson ergueu uma sobrancelha e olhou para Precious, mas não fez comentários sobre a falta de frango no prato. Buchi também ouviria sobre isso

Lawrence, que geralmente lhe entregava as galinhas recém-abatidas, colocou Kano num balde nos degraus dos fundos e cobriu-a, para caso Damaris se aproximasse. E ela o fez, procurando pelo pássaro, mas foi apaziguada com a notícia de que Kano tinha ido "para fora", o que significava para fora do portão, algo que o pássaro fazia, muitas vezes, apesar das queixas de Precious sobre como isso fazia com que eles parecessem selvagens. O pássaro não havia sido drenado corretamente. O sangue juntou-se em suas penas, e o corte esfarrapado em seu pescoço mostrava a aversão de Lawrence à tarefa. Desprovido de vida, o corpo de Kano tinha encolhido. Desossada, sua carne não equivalia ao punho de um homem. Buchi ensacou o pássaro e jogou-o no monte de lixo no quintal, que se tornaria sua pira funerária quando Lawrence ateasse fogo.

Depois do jantar, Louisa levou Damaris para tomar banho enquanto Buchi lavava a louça e limpava a cozinha. Quando terminou as tarefas, foi até os degraus dos fundos e esperou por Lawrence, que geralmente se sentava com ela por alguns minutos, ambos esgotados de um dia cheio de trabalho que exigia quatro corpos, não dois. Ele logo se aproximou dos degraus e, com medo de que ele não parasse, Buchi o chamou.

– Boa noite, ma – ele disse, mas continuou andando na direção de seus aposentos, uma pequena estrutura de cimento saída dos muros que cercavam a casa. Buchi suspirou e balançou a cabeça. Chega de lágrimas por hoje.

Louisa já tinha colocado Damaris no colchão no chão, e a menina não estava mais neste mundo. Buchi sentou-se na cama e bateu no espaço ao seu lado. Louisa hesitou, mas se levantou e sentou ao lado da mãe. Buchi tentou massagear as costas da filha, mas Louisa encolheu os ombros.

– Você está bem?

Louisa não respondeu, o que significava um não que ela era educada demais para dizer em voz alta.

Buchi insistiu.

– Você sabe por que eu tive que escutar o tio Dickson?

Porque nós não temos nada.

Porque seu pai era um tolo e, sim, dinheiro é tudo.

Porque as consequências de desrespeitar um homem como Dickson são sempre desproporcionais ao pecado. Uma granada em retaliação por uma bofetada. Um mundo desfeito pelo erro de uma menina.

Louisa deu de ombros.

– Você lembra da tia Ijeoma? – Buchi perguntou.

Louisa fez que sim com a cabeça.

– Você quer visitar a titia?

Nenhuma resposta, de novo.

– Por favor, Louisa, não vou aguentar se você também parar de falar. Por favor.

Louisa finalmente olhou para ela.

– Soma – disse.

As duas meninas só tinham se visto algumas vezes, já que dificuldades de distância e tempo faziam com que Buchi e Ijeoma não se reunissem tanto quanto gostariam, mas Louisa estava no funeral, ela sabia que a menina tinha morrido. Soma, de fato. Quieta daquele jeito que uma garota em uma família de meninos podia ser. Buchi sempre havia dito a Nnamdi que desejava que eles estivessem mais próximos, para que Soma pudesse influenciar Louisa, a que Nnamdi respondia que Louisa era parecida demais com a mãe. "É o mesmo que morder um diamante".

Uma leve batida anunciou que Precious entrara no quarto – o quarto que Buchi estava proibida de trancar. Ela assentiu na direção da irmã antes de se levantar. Buchi estava sendo convocada. Olhou para Damaris, esparramada e desossada em seu sono, e sabia que os problemas da menina eram de uma natureza que ela podia resolver: lágrimas que ela podia limpar, colchões que ela podia esfregar, um corpo angustiado que ela podia apertar enquanto ele chutava e gritava. Fechaduras para as quais ela tinha a chave.

– Você gosta da tia Ijeoma, não gosta?

Mas a essa altura a pergunta era só uma formalidade.

O que acontece quando um homem cai do céu

Acontecem coberturas de notícias 24h. Políticos fazendo controle de danos e ativistas encorajando protestos. A neta de Francisco Furcal em uma conferência de imprensa defendendo o legado da família.

– A fórmula do meu avô está correta. A matemática é constante e absoluta. Quaisquer problemas que surgirem são culpa de quem errou os cálculos.

Péssima jogada, senhora. Coloca todo mundo na defensiva, fazendo-os apresentar seus registros e resultados de testes e qualquer outra coisa para provar que têm razão. Nneoma tentou pensar onde tinha colocado seus documentos depois da mudança, mas isso a fez pensar sobre o lugar de onde ela tinha se mudado, o que a levou a pensar em quem ela tinha deixado para trás.

Melhor não se aventurar nisso. Melhor, em vez disso, prestar atenção nas imagens tremidas capturadas por uma câmera de segurança. O equipamento ativado por movimento tinha filmado os últimos quinze metros do homem em queda, o pânico traduzido em um moinho de braços agitados, o baque do corpo contra o chão. Quando a fórmula para o voo tinha sido revelada alguns meses antes, a cerimônia tinha começado de forma bem desinteressante, com um homem levitando como um monge por quinze minutos entediantes, até se lançar pelo ar. A comunidade científica ficou estupefata. O que aconteceria agora que o corpo humano podia desafiar conceitos que a humanidade nunca havia considerado questionar, como a gravidade? Tinha parecido o começo de uma nova era.

Agora o noticiário mostrava os Matemáticos que descobriram a equação para o voo. Eles estavam sendo atacados por repórteres sorridentes em festas, enquanto buscavam seus filhos em carros pretos e brilhantes, durante viagens, evidenciando um pouco do luxo que era desconhecido para a maior parte dos telespectadores, que devem ter gostado de ver as faces envergonhadas e as explosões hostis saindo daquelas bocas bem alimentadas.

Ao culpar os Matemáticos em vez da Fórmula, Martina Furcal e o Centro tinham criado um turbilhão em volta de cientistas supostamente infalíveis, e ao mesmo tempo protegido o legado da família. E o dinheiro. Talvez não tivesse sido uma jogada tão ruim assim.

Nneoma zapeou pelos canais, escutando com atenção. Se o boato de que a Fórmula de Furcal tinha começado a se desfazer pelas beiradas ganhasse força, ele eventualmente chegaria aos dois mil e quinhentos Matemáticos como ela, que trabalhavam no mundo todo, ganhando a vida calculando e subtraindo emoções, retirando-as de corpos vivos como se tira veneno de uma ferida.

Ela era um dos cinquenta e sete Matemáticos registrados que se especializavam no cálculo do luto – ano passado, eram cinquenta e nove. Alvin Claspell, o australiano, tinha se suicidado depois de ficar louco e tentar comer a si mesmo, se fosse possível acreditar nos boatos. Esse trabalho não era para qualquer um. E, claro, Kioni Mutahi tinha simplesmente desaparecido, deixando o Novo Quênia com apenas uma especialista em luto.

Havia seis especialistas em luto na Aliança Biafra-Bretanha, onde Nneoma morava agora. O maior número de especialistas em luto de qualquer província, para servir o maior grupo de pessoas em luto. Bom, o maior grupo que podia pagar.

Era a mesma filmagem de novo e de novo. Nneoma desligou a televisão. O alvoroço duraria só até os especialistas em voo ficarem espertos e culparem o homem caído pelo erro de cálculo.

Cover your ass, como dizia o ditado norte-americano – não que tivesse sobrado muito daquele continente para dizê-lo.

Uma mensagem apitou na base do telefone e Nneoma correu para ouvi-la, ansiosa, e então com vergonha da própria ansiedade, e então mais envergonhada ainda quando viu que nem era Kioni, era apenas a sua assistente ligando para lembrá-la da palestra que daria na escola. Deletou a mensagem – é claro que se lembrava – e ficou irritada. Pensou, de novo, em demitir a moça. Mas às vezes você precisa de uma assistente, como quando sua namorada termina o relacionamento com a mesma educação fria com que tinha começado, deixando para você a tarefa de empacotar e realocar o equivalente a três anos de merda em uma semana. Assistentes são úteis nessas situações. Mas isso tinha sido há oito semanas e agora Nneoma já tinha superado tudo. Tinha mesmo, verdade.

Pegou os documentos e chamou o carro, que estacionou em frente às portas de vidro quase que imediatamente. Amadi era assim, pontual. A mãe dela costumava dizer que podia chamá-lo enquanto descia as escadas e, quando abrisse a porta, ele estaria lá. Mamãe já não estava mais aqui, e o pai de Nneoma, que tinha ficado destruído, nunca saía de casa. Amadi tinha trabalhado para ele até Nneoma voltar do Novo Quênia, quando o pai deu o motorista de presente para ela, como se fosse uma cesta de queijos nobres. Ela tinha aceitado, sabendo o que ele era: uma oferta de paz. E mesmo que as coisas nunca voltassem a ser as mesmas, ela ligava para o pai de quinze em quinze dias, aos domingos.

Pediu que Amadi passasse no mercado antes. Eles foram pelas ruas largas de Enugu e passaram por parquinhos cheios de crianças brancas como ovos. Não é que Nneoma tivesse um problema com os britânicos exatamente, mas ela tinha herdado alguma coisa do pai. Durante suas fases mais radicais, Papai os chamava de refugiados, não aliados. Fazia tempo que ele não era bem-vindo nos círculos da sociedade culta.

– Eles vêm para cá sem um país para chamar de seu e tentam controlar tudo e não contribuem com nada – ele dizia frequentemente.

Isso não era totalmente verdade.

Quando as enchentes tinham começado a engolir as Ilhas Britânicas, eles pediram socorro à Biafra, um pedido que foi atendido. Termos foram criados e trocas equivalentes de trabalho foram contratadas. Mas enquanto uma mão se estendia pedindo ajuda, a outra segurava uma faca. Depois de chegarem ali, os britânicos tinham exigido terras próprias e um governo próprio e separado. Um acordo – incentivado pela ameaça britânica de atacar com armas biológicas – resultou na Aliança Biafra-Bretanha. Terras compartilhadas, governo compartilhado, problemas compartilhados. O pai era apenas um menino quando tudo tinha acontecido, mas ainda se agarrava tristemente à ideia da independência da Biafra, uma independência pela qual os pais dele tinham morrido no fim da década de 2030. Ele não estava sozinho, mas a maioria das pessoas sabia que era melhor guardar suas opiniões, especialmente se a filha deles fosse uma Matemática, uma profissão que vinha acompanhada de problemas específicos. E era melhor uma aliança em benefício mútuo – mesmo que indesejada – do que o que os franceses tinham feito no Senegal, ou os norte-americanos no México.

Enquanto Amadi dirigia, ele mantinha o espelho retrovisor parcialmente voltado para ela, esperando uma abertura para começar uma conversa que com certeza terminaria com ele sugerindo que eles passassem na casa do pai mais tarde, só por um momento, só para dar um oi. Nneoma evitou contato visual. Ela não podia visitar o pai, nem para um oi rápido, nunca.

Eles pararam no mercado ShopRite e Nneoma saiu do carro. Com a barriga roncando, colocou mais fruta na cesta do que poderia comer em uma semana e cortou a fila do pão, horrorizando os clientes que esperavam. O atendente a reconheceu e entregou-lhe a seleção usual de pãezinhos e a baguete crocante que ela comia com uma pontada de culpa. Os franceses não recebiam dinheiro diretamente, mas ela não conseguia deixar de sentir que isso era algum tipo de apoio. Ignorando as pessoas que a olhavam perguntando-se quem ela era (uma diplomata? a namorada de um ministro?), andou pelos cantos da loja, cortando caminho até os caixas.

Então, ela o sentiu.

Nneoma desacelerou o passo e pegou uma caixa de sabão, fingindo interesse nas instruções, tentando encontrá-lo com a visão periférica. Ele estava bem vestido, mas não exageradamente. Ele a olhava, confuso, sem entender por que se sentia tão atraído por ela. Nneoma conseguia sentir a tristeza emanando dele, e sabia que caso se concentrasse, poderia enxergar seu luto, claro como uma farpa. Ela veria a fonte do luto, a sua arquitetura, e como ele se ancorava ao homem. E ela poderia removê-lo.

Começara quando tinha quatorze anos, na aula de matemática. Ela sempre tinha sido boa com números, mas nem pensava em ser uma Matemática. Ninguém pensava. Não era uma profissão que pudesse ser escolhida ou desejada; ou você era, ou não era. Naquele dia, a professora tinha mostrado para eles uma longa cadeia da Fórmula de Furcal, comprada do Centro como a cepa de um vírus. Para a maioria dos outros estudantes, era apenas uma série impenetrável de números e símbolos, mas para Nneoma era tão simples quanto o alfabeto. Ver a fórmula desbloqueou algo dentro dela. Daquele momento em diante, passou a conseguir enxergar a tristeza das pessoas tão claramente quanto a roupa que vestiam.

O Centro patrocinou o resto da sua educação, pagou as poucas dívidas que sua família tinha e comprou uma casa nova para eles. Eles a treinaram para aprimorar seus talentos, para ir além de meramente enxergar o luto em alguém até dominar a habilidade de removê-lo. Ela já fazia isso há tanto tempo que conseguia exorcizar os traumas mais profundos até mesmo dos pacientes mais resistentes. E então a mãe dela tinha morrido.

O homem no mercado ficou lá, parado, olhando para ela, e ela se aproveitou da sua confusão para escapar. Pessoas em luto frequentemente se sentiam atraídas por ela, uma questão magnética, mas não aconselhável. Por isso, sua vida superprotegida era uma benção e uma necessidade. O Centro era muito compreensivo e ajudava os Matemáticos contratados a selecionar seus clientes. Nenhum deles era forçado a trabalhar com um cliente ou fornecer um serviço que não quisesse. Nneoma trabalhava quase que exclusivamente com pais que tinham perdido filhos, casais ricos que acreditavam que a morte nunca iria afetá-los, até que acontecia. Quando o Centro tinha se associado a governos para trabalhar com populações em sofrimento, o trabalho era voluntário, e a maioria dos Matemáticos doava algumas horas por semana. Havia exceções, como Kioni, que trabalhava com essas pessoas em tempo integral, e Nneoma, que não trabalhava com elas. Madre Kioni, como Nneoma a chamava, primeiro com carinho, depois com crescente malícia, quando as coisas entre as duas ficaram feias. Este homem, com um terno fino e bons sapatos, estava mais na sua linha de clientela. Ele poderia muito bem se tornar um cliente dela no futuro, mas não hoje, não assim.

No caixa, o menino registrando e empacotando suas compras usava um crachá que dizia "Martin", que podia ou não ser seu nome verdadeiro. Os britânicos preferiam que os atendentes tivessem nomes que eles conseguissem pronunciar, e a maioria das empresas atendia a essa preferência. A tatuagem no pulso indicava sua cidadania – um nativo da Biafra – e sua classe, terceira. Sem dúvidas, ele morava fora da cidade e era rastreado desde o momento em que atravessava o limiar eletrônico até o momento em que terminava o turno e saía. Ele tinha mais sorte do que a maioria.

No carro, verificou seu telefone pessoal, o número que só o pai, a assistente e Kioni tinham. Nenhuma mensagem. Não tinha ouvido notícias de Kioni desde que se mudara. Ela com certeza sabia que

Nneoma estava preocupada, independentemente de como as coisas entre elas tivessem terminado. Nenhum de seus contatos no Novo Quênia sabia onde encontrá-la, e Kioni não atendia o telefone. Talvez isso fosse o necessário para que Kioni a exorcizasse.

No caminho para a escola, Nneoma comeu duas maçãs e um pãozinho e folheou suas anotações. Ela já tinha feito muitas palestras como essa, que eram menos sobre a apresentação e mais sobre identificar potenciais Matemáticos, que conseguiam se reconhecer mutuamente. Correu um dedo pela Fórmula, ainda hipnotizada, mesmo depois de todo esse tempo. Ela havia trazido cinquenta e sete linhas, embora só precisasse de poucas para testar os alunos.

Quando tudo tinha começado a desmoronar e terremotos abriram o mundo ao meio e vulcões há muito adormecidos se espreguiçaram, bocejaram e berraram, as igrejas (e mesquitas, templos) caíram – não apenas os edifícios, que viraram poeira com os tremores, mas as instituições também. Em meio a este vácuo, apareceu Francisco Furcal, um Matemático chileno que descobriu uma fórmula que explicava o universo. Assim como o universo, ela era infinita, e a ideia de que a fórmula não tinha fim e, talvez, por extensão, a humanidade não tivesse fim, era exatamente do que o mundo estava precisando.

Ao longo de décadas, as pessoas começaram a experimentar essa fórmula infinita e, no processo, descobriram equações que coincidiam com a anatomia do corpo humano, tornando possível trabalhos como o dela. Um computador no Centro executava a Fórmula vinte e quatro horas por dia, sete dias por semana, testando se ela era realmente infinita. Havia milhares e milhares de linhas. As pessoas costumavam viajar até a filial sul-africana e assistir aos símbolos intermináveis correndo como um cronômetro na tela. Eventualmente, o Centro foi fechado para o público e apareceram rumores de que a Fórmula de Furcal era incorreta, que sua lógica falhava milhões e milhões de permutações à frente, além do que qualquer ser humano poderia calcular em vida. Que ela não era infinita.

Eram apenas isso, rumores, mas aí um homem caiu do céu.

À medida que se aproximavam da escola, podiam ver alguns manifestantes com cartazes eletrônicos reluzentes. O vermelho furioso de homens furiosos. Amadi desacelerou.

– Madame?

– Pode continuar, só tem dez deles.

Mas o número poderia ser três vezes maior quando ela estivesse pronta para sair. Como eles sempre sabiam onde ela estaria?

O carro foi liberado no portão exterior da escola e foi até o portão interno, onde verificaram duas vezes a identidade de Amadi. Quando o guarda decidiu que Amadi não tinha credenciais suficientes para esperar dentro do portão interno, Nneoma intercedeu. Seu motorista, suas regras. O guarda cedeu, como ela sabia que iria, e Amadi estacionou o carro em um lugar coberto, fora do sol. Nneoma foi recebida por Nkem Ozechi, a diretora, uma mulher pequena e arrumada, com as mãos parecidas com as de Kioni. Ela tinha um ar presunçoso e caminhava como se estivesse satisfeita demais consigo mesma. Falou com Nneoma como se as duas se conhecessem há anos. Em um dia diferente, Nneoma talvez tivesse ficado encantada, interessada, mas hoje só queria que a sessão terminasse para poder voltar para casa.

A classe estava cheia de rostos entediados, a maioria de treze ou quatorze anos (algum dia ela fora tão jovem?), poucos que compreendiam ou se importavam com o que ela fazia, intocados demais pela dor para entender por que o trabalho era necessário. Mas escolas como essas, que reuniam os melhores e mais brilhantes jovens que várias nações tinham para oferecer (de acordo com Nkem Ozechi), pagavam grandes quantias ao Centro para que pessoas como ela fizessem apresentações, e era o dinheiro mais fácil que ganhava.

– Quantos de vocês conseguem saber que alguém está triste mesmo que a pessoa não esteja chorando?

Todos levantaram a mão.

— Quantos de vocês conseguem saber que alguém está triste mesmo que não esteja chorando?

A maioria das mãos permaneceu levantada.

— Quantos de vocês conseguem olhar para uma pessoa que está triste, saber que ela está triste, e consertar a situação?

Todas as mãos abaixaram. Agora eles estavam prestando atenção.

Ela falou por quinze minutos e finalizou a apresentação.

— Alguns Matemáticos removem a dor, alguns de nós lidam com emoções negativas, mas todos corrigimos a equação humana. Os mais corajosos — ela deu uma piscadela — tentaram usar a Fórmula para fazer o corpo humano desafiar a gravidade, para voar.

A turma riu, o homem caído ainda fresco em suas mentes.

— A Fórmula de Furcal significa que um dia as pessoas mais inteligentes terão acesso à essência do universo.

Muitos acreditavam que a Fórmula era Deus, incompreendido por tanto tempo. Acreditavam que era apenas uma questão de tempo antes de alguém descobrir a fórmula para criar a vida, em vez de apenas manipulá-la. Mas isso não era uma preocupação dos adolescentes, que aplaudiram educadamente.

A diretora saiu do canto em que estava para mediar as perguntas. As primeiras foram previsíveis e estúpidas. "Você pode fazer as pessoas se apaixonarem?" Não. "Você pode fazer alguém ficar invisível?" Não. Nkem Ozechi ficaria envergonhada se soubesse que as perguntas não eram diferentes das feitas por estudantes de escolas inferiores. Então (novamente, de forma previsível) alguém fez algo que não era uma pergunta.

— O que vocês fazem é errado — de um menino magro como um graveto e com grandes dentes. Apesar da sua magreza, ele parecia macio, tinha um ar privilegiado.

Nneoma levantou a mão para impedir que Nkem Ozechi interrompesse. Ela podia lidar com isso.

– Explique.

– Bom, meu pai diz que o que vocês fazem é errado, que vocês não deveriam estar impedindo pessoas de sentirem dificuldades naturais. Isso é ser humano.

Alguém no fundo da sala começou a bater palmas, mas Nneoma levantou a mão novamente, pedindo silêncio. Ela examinou o menino. Ele estava perto o suficiente para que ela lesse a ocupação de seu pai no pulso (advogado) e sua classe (primeira). Ela já tinha vencido várias discussões com pessoas como o pai dele, pessoas com vidas fáceis, que já tinham passado por coisas complicadas, mas suportáveis, e ousavam comparar as suas escassas dificuldades com problemas incomensuráveis.

– O seu pai e aquelas pessoas protestando lá fora não têm ideia do que é dor de verdade. No que me diz respeito, os sentimentos dele sobre este assunto são inválidos. Eu nunca perguntaria a uma pessoa que não provou um prato se ele precisa de mais sal.

O garoto ficou sentado com os braços cruzados, emburrado. Ele não mudaria de ideia, pessoas assim nunca mudam, mas ela tinha calado sua boca.

No silêncio que se seguiu, outra mão levantou. Não ela, pensou Nneoma, não ela. Havia ignorado a menina com sucesso desde que entrara na sala de aula. Ela não precisava olhar seu pulso para saber que a menina era senegalesa e que tinha sido afetada pela Eliminação. A tristeza estava entalhada nela.

– Então você pode fazer isso ir embora?

Era como se elas fossem as duas únicas pessoas na sala.

– Sim, eu posso – e para matar as esperanças –, mas é um processo altamente regulamentado e muito caro. A maioria dos meus clientes é subsidiada por seus governos, mas mesmo assim – para o caso de ter restado alguma esperança – é necessário ter cidadania.

A menina baixou os olhos, lutando contra as lágrimas. Como se fosse uma piada às suas custas, atrás dela havia um mapa mostrando o globo como fora há setenta anos e como era agora. A maior parte do que havia sido a América do Norte estava coberta de água e um mar havia substituído a Europa. A Rússia era um túmulo encharcado. Os únicos continentes que não tinham sido tomados pelo mar, totalmente ou em parte, eram a Austrália e os Países Unidos – o que antes era a África. A Eliminação tinha começado depois de algum tempo de paz relativa, depois de os franceses ganharem a confiança de seus anfitriões. Os jornais senegaleses que emitiam avisos eram ignorados, considerados conspiratórios, rebeldes inventando problemas. Mas então vieram os campos, os ataques e a doença misteriosa que eliminou milhões. Os membros do gabinete assassinados em suas camas. E a menina tinha sobrevivido. Para estar aqui, em uma escola como esta, com uma das raras bolsas de estudo oferecidas a crianças refugiadas, ela provavelmente tinha vivido o impensável. O peso de seu luto era demais. Nneoma saiu da sala, seguida por Nkem Ozechi, que andava apressadamente atrás dela.

– Talvez alguns deles sejam Matemáticos como você.

Nneoma precisava se acalmar. Avistou a placa do banheiro feminino e entrou, batendo a porta na cara de Nkem Ozechi. Nenhuma dessas crianças jamais seria um Matemático; a sala tinha tantos gênios quanto um tanque de peixes.

Verificou as cabines para se certificar de que estava sozinha e curvou-se, respirando profundamente. Raramente trabalhava com refugiados, refugiados de verdade, por esse motivo. A complexidade do sofrimento deles sempre arrancava algo dela. A única vez em que ela sentira qualquer coisa tão forte foi depois de a mãe morrer e o pai se fechar em um luto total, quase caindo em ruínas. Como Nneoma poderia dizer-lhe que não conseguia nem olhar para ele sem se quebrar? Ele nunca entenderia. No dia em que tentara trabalhar nele, comer o luto do pai, tinha finalmente entendido por que era proibido trabalhar em familiares. O sofrimento deles era seu, e era impossível se distanciar o bastante para calculá-lo. A tentativa terminou com ambos soluçando, segurando um ao outro com carinho e preocupação, até que o pai ficara tão irritado com a futilidade, a inutilidade dos talentos da filha naquele momento crucial, que havia dito palavras que não podia retirar.

    A porta do banheiro rangeu ao se abrir. Nneoma sabia quem era. A garota não podia evitar procurá-la. Elas se olharam, a garota incerta, até que Nneoma estendeu os braços e a menina se encaixou entre eles. Nneoma viu a tristeza em seus olhos e começou a traçar os resultados dela em um eixo. Em certo momento, a mãe da menina fora despedaçada por tiros. O irmão levado durante a noite por uma gangue de bandidos. O pai infectado pelo vírus sintético que tinha atacado toda a melanina da sua pele até que seu corpo fosse apenas uma ferida aberta. E outras pequenas dores: fome tão profunda que ela tinha comido lama. Ter que se esconder dos homens que se voltaram contra ela depois da morte do pai. Entrar escondida em seu antigo bairro e ver as casas novas dos refugiados franceses mais afortunados, aqueles que não tinham sido deixados para trás para se afogarem, e as crianças perseguindo-a com pedras como se ela fosse um cachorro. Nneoma olhou para cada sofrimento, rastreou as bordas, pesou a massa. E arrancou-os.

    Ninguém jamais tinha sido capaz de explicar o que acontecia, por que uma pessoa podia arrancar o sofrimento de outra. Havia milhares de teorias matemáticas baseadas no fato de que os seres humanos eram, no sentido mais simples, um amontoado de átomos mantidos juntos por positivos e negativos, um tipo de matemática celular. Uma equação exclusiva. Um teólogo chamaria de milagre, um beijo dos lábios de Deus. Filósofos opinavam que na verdade eram os pacientes que entregavam suas tristezas. Mas naquele cômodo significava apenas que uma garota tinha um fardo insuportável, e, então, não tinha mais.

O trajeto de volta para casa foi silencioso. Amadi, sentindo que ela estava inquieta, resistiu ao desvio casual que costumava fazer sempre que vinham para este lado da cidade, para além do cruzamento que levava à casa do pai. Em casa, Nneoma foi direto para cama, depois de engolir duas pílulas que a fariam dormir por doze horas. Ao acordar, ela estaria o mais perto possível do normal. As lembranças da garota já não estariam tão cruas, tornando-se mais como a história de um livro. A menina sentiria o mesmo. O sono veio, profundo e escuro, sem sonhos e sem luz.

Na manhã seguinte, ela ligou a televisão e viu a mesma cobertura do dia anterior, exceto que agora a viúva do homem caído entrara na briga, pedindo uma auditoria completa dos registros do Centro e da Fórmula de Furcal. Nneoma soltou um riso abafado. Era o tipo de demanda que teria apoio público, mas a verdade era que os únicos especialistas capazes de fazer a auditoria trabalhavam para o Centro, e levaria décadas para examinar todas as linhas da Fórmula. O mais provável é que isso fosse uma estratégia para exigir uma compensação, que a mulher receberia. Os Furcal podiam pagar.

Nneoma disse a si mesma que não olharia as mensagens novamente por pelo menos uma hora e preparou-se para sua corrida diária. Uma rápida olhada revelou que não tinha mensagens, de qualquer maneira. Digitou o código no portão para trancá-lo atrás dela, alongou-se e largou.

A corrida limpou os últimos vestígios dos fantasmas do dia anterior. Ela ligaria para Claudine hoje para ver quão séria era essa questão do homem caído. Legalmente, a representante de relações públicas só poderia liberar algumas poucas informações, mas um jantar e alguns drinks afrouxariam sua língua. Nneoma alongou seus passos nos últimos quilômetros antes de chegar em casa, tomando cuidado. Na última vez em que tinha acelerado repentinamente, distendeu um músculo, e o comedor de dores que trabalhara nela era um homem sombrio, sem manejo com pacientes. Ela sentiu que ele a julgava enquanto realizava o tratamento. Sem dúvida, ele achava que seus talentos estavam sendo desperdiçados neste setor confortável, e estava apenas tolerando essa rotação até que pudesse voltar para os campos. Nneoma não gostava de Matemáticos como ele e eles não gostavam de profissionais como ela. Era um milagre que ela e Kioni tivessem durado tanto tempo.

Quando virou a esquina antes do seu complexo, viu uma pequena multidão reunida no portão. "Manifestantes?", perguntou-se em estado de choque antes de reconhecer os rostos dos vizinhos. Quando se aproximou, um homem que reconhecia, mas não sabia o nome, a segurou pelos ombros.

– Chamamos uma ambulância imediatamente. Ela estava batendo no seu portão e gritando. Ela é sua amiga, né? Já vi vocês juntas – ele parecia muito preocupado, e de repente Nneoma não queria mais saber quem estava lá para vê-la e o porquê.

Era só uma mendiga. A mulher não estava usando sapatos e os dedos dos pés tinham virado feridas. Como diabos ela tinha conseguido escapar da segurança da Cidade? Nneoma recuou quando a mulher se aproximou, mas congelou quando viu seus dedos, delicados e longos, como pernas de inseto.

Essas mãos já tinham acariciado seu corpo. Ela já tinha beijado as palmas dessas mãos e colocado esses dedos na boca. Ela reconheceria essas mãos em qualquer lugar.

– Kioni?

– Nneoma, temos que ir, temos que ir agora – Kioni estava descontrolada e ficava olhando por cima do ombro. Toda a parte visível da sua pele estava arranhada ou mordida ou cortada. Seus dreadlocks, geralmente bem arrumados, estavam pela metade, e o couro cabeludo estava esfolado, em carne viva, como se eles tivessem sido arrancados. Ela exalava cheiro de esgoto.

– Ai meu Deus, Kioni, meu Deus.

Kioni agarrou os pulsos de Nneoma e se negava a soltá-los.

– Nós temos que ir!

Nneoma tentou contornar a sensação de horror em seu estômago.

– Quem fez isso com você? Pra onde nós temos que ir?

Kioni balançou a cabeça e caiu de joelhos. Nneoma tentou soltar um dos braços e, quando não conseguiu, pressionou e segurou o implante de metal sob a palma da mão para alertar a segurança no Centro. Eles saberiam o que fazer.

Do seu ângulo atual, Nneoma podia ver mais do estrago feito à outra mulher, os arranhões e as mordidas localizados abaixo do cotovelo. Algo parecia estranho. Lembrou-se do australiano, das histórias sobre ele ter tentado comer a si mesmo.

– Kioni, quem fez isso? – Nneoma repetiu, embora suas suspeitas estivessem se tornando certezas, e ela temesse a resposta.

Kioni continuou balançando a cabeça e apertou os lábios como uma criança que se recusa a confessar uma mentira.

O fim do relacionamento tinha começado quando Nneoma fizera o impensável. Violando todos os acordos da relação (e um punhado de regras do Centro), ela tinha pedido a Kioni que trabalhasse em seu pai. Kioni, que se voluntariava para trabalhar com os refugiados senegaleses e argelinos e burquinenses, e até mesmo com os fugitivos, qualquer pessoa em extrema necessidade de um especialista em luto, era a última pessoa a quem ela deveria ter pedido isso, e deixou isso claro. Nneoma a chamara de beata, e Kioni a chamara de garota rica e mimada que achava que a sua dor era mais importante do que realmente era. E então, Kioni pediu-lhe que fosse embora.

Agora ela precisava levar Kioni até o Centro. O que quer que estivesse acontecendo precisava ser corrigido.

– Eles não param de vir e vir e vir.

Nneoma se agachou para ouvir Kioni melhor. A maioria dos vizinhos estavam bem afastados, fugindo do cheiro.

– Quem vem? – ela perguntou, tentando manter Kioni com ela.
– Todos eles, você não enxerga?
Começou a entender o que estava acontecendo com a ex-namorada. Em quantas pessoas Kioni tinha trabalhado na última década? Cinco mil? Dez? Dez mil traumas em sua psique, apertando-se uns aos outros, competindo pela atenção da hospedeira. O que aconteceria se você não pudesse esquecer, se cada emoção de cada pessoa cujo sofrimento você comeu voltasse? Podia acontecer, se houvesse algo errado na fórmula milhões e milhões de permutações à frente. Mil homens caindo em cima de você.

Nneoma tentou recuar, fechar os olhos e esquecer o que tinha visto, mas não podia. O instinto assumiu o controle e ela se apressou para calcular tudo. A amplitude era grande demais. Vasta demais.

Seu último pensamento lúcido foi sobre o pai, quão vermelho havia sido seu fardo quando ela tentara carregá-lo, e como tudo parecia tão pálido agora.

Glória

Quando os pais de Glória a chamaram de Gloriadeus Ngozi Akunyili, eles não previam a política de "nome real" do Facebook, nem as semanas que ela passaria preenchendo formulários e enviando cópias das suas contas e da carteira de motorista e do certificado que documentava seu nascimento em 9 de setembro de 1986, uma terça-feira chuvosa, às 18h45, após seis horas de trabalho de parto e seis anos de esterilidade. Depositando nela todas as esperanças que eles ainda nem sabiam que tinham, seus pais imaginaram para ela o tipo de vida que Igbos bem-sucedidos imaginam para seus filhos. Ela seria uma garota inteligente, com a melhor educação. Ela frequentaria a igreja regularmente e nunca se afastaria da Palavra (Amém!). Ela aprenderia a cozinhar como a avó, acrescentou o pai, e a mãe respondeu perguntando, Por que não como a mãe, e o pai de Gloriadeus gaguejou até que a esposa disse que talvez ele devesse comer na casa da mãe dele. Mas de volta a Gloriadeus, que todos chamavam de Glória, menos o avô, que a chamou de "aquela garota" na primeira vez que a viu.

– Aquela garota tem algo podre, o chi dela não está equilibrado.

O marido retirou a esposa da sala para evitar uma briga ("Não me importo com a idade desse bêbado, vou consertar a boca dele e é hoje") e implorou ao pai que aceitasse a neta primogênita. Diferente do avô, ele não enxergava a membrana de azar que cobria o rosto de Glória, que afetaria cada decisão que ela tomaria, fazendo com que ela errasse espetacularmente, repetidamente. Quando Glória tinha cinco anos, ela decidiu, depois de muito considerar, enfiar o dedo na boca de um cão adormecido. Aos sete, pouco depois da família se mudar para os Estados Unidos, Glória pensou que era uma boa ideia andar até em casa quando a mãe se atrasou cinco minutos para buscá-la na escola, uma escolha que a levou a ser encontrada soluçando no estacionamento de um mercado Piggly Wiggly antes do cair da noite. Ela fazia muitas coisas por despeito, pelo que, nem ela sabia – era como se tivesse nascido ressentida do mundo.

Foi assim que, para o constrangimento dos pais, Glória chegou aos quase-trinta cronicamente solteira e trabalhando em uma central de telemarketing no centro de Minneapolis. Ela atendia ligações de proprietários descontentes que estavam quase sendo despejados de seus imóveis, e lia um roteiro complicado e lógico e escrito por pessoas que nunca haviam falado no telefone com um ser humano. Em todos os cálculos sobre o futuro, os pais de Glória nunca imaginaram que em 16 de abril de 2013, depois de receber mais um e-mail negando o pedido para restaurar seu perfil no Facebook (o representante se recusou a acreditar que qualquer pai realmente chamaria a filha de Gloriadeus), a filha seria o tipo de pessoa sobre quem este infortúnio lançaria uma avalanche de tristeza que rapidamente a levaria a contemplar a ideia de tirar a própria vida.

Ligou para a mãe na esperança de ser convencida do contrário, mas caiu na caixa postal e ouviu um texto que dizia, O que é agora? (Glória sabia que era melhor não deixar mensagem). Ligar para o pai traria uma resposta ainda mais fria, então ela passou a noite sentada na beira da cama, com o pescoço duro como um punho, perguntando-se se uma garrafa de vinho Moscato combinaria com trinta cápsulas de sonífero. O bilhete que escreveu dizia, "Nasci para ser desafortunada e esse destino finalmente me alcançou. Desculpem, mamãe e papai, por não ter completado a faculdade de Direito e me tornado a pessoa que vocês sonhavam. Mas também é culpa de vocês, por terem esperado tanto de mim. Adeus".

Tudo isso era verdade, e não era. Os pais colocavam pressão sobre ela, mas era o tipo de pressão esperançosa que poderia tê-la encorajado a ser uma pessoa melhor. E ela não tinha sorte, é verdade, mas foi menos o destino e mais sua propensão a discutir com professores e abandonar salas de aula para nunca mais voltar que a fez quase reprovar na faculdade. Ela finalmente se formou, com uma média embaraçosa. Então veio a especialização em Direito – na qual ela só conseguiu entrar por um favor de um amigo de um amigo do pai –, onde ela pensava que suas habilidades argumentativas poderiam ser usadas. Mas tinha estragado isso também, escolhendo dormir em vez de ir para a aula, e ir ao bar em vez de estudar, incapaz de fazer a escolha certa, mesmo nas coisas mais insignificantes. Essas pequenas escolhas tolas acabaram por colocá-la em observação, depois foi pedido, educadamente, que ela se retirasse, e então pediram não-educadamente, depois de ela organizar um protesto na sala do reitor.

Glória caiu no sono depois de uma taça e meia de vinho e, ao acordar, viu que as pílulas tinham derretido e se tornado uma massa em sua mão. Na luz da manhã, o bilhete melodramático a envergonhou e ela o rasgou e deixou-o ir embora na descarga. No trabalho, desviando o olhar do supervisor e o seu dedo indicando o relógio, ela ligou os fones para receber a primeira chamada: Sra. Dumfries. O marido dela tinha morrido e ela não tinha ideia de onde estavam os documentos. Será que Glória podia ajudá-la a não perder a casa? Glória leu o roteiro, evitando o "não" que eles não eram autorizados a pronunciar. Depois Glen, que era na verdade Greg, que também era Peter, que ligava todos os dias, pelo menos quatro ou cinco vezes, e tentava fazer os representantes de atendimento ao cliente prometerem coisas que não podiam cumprir. Mal sabia ele que, mesmo que Glória lhe prometesse sua casa de infância completa com todas as lembranças desaparecidas após o despejo, ela seria apenas despedida, e ele ainda ficaria preso no mesmo apartamento de dois quartos com seus filhos. O dia todo as ligações entravam e Glória tinha que dizer não sem dizer não, e as acrobacias linguísticas necessárias para evadir essa resposta simples destruíam seus nervos.

No almoço, comeu um burrito três-por-um-dólar de um mercadinho barato e um sanduíche bonito de um dos colegas de trabalho, e verificou seu e-mail novamente. Depois, caminhou pela recepção da agência de publicidade que ocupava os dois últimos andares do prédio. À direita das portas de vidro da recepção estavam os logotipos das marcas para as quais a empresa trabalhava. Ela fez uma pausa e tirou uma foto de si mesma na frente do logotipo de uma grande rede de joalherias. Se o seu perfil do Facebook fosse restaurado, ela postaria a foto, com a legenda "Trabalhei na minha conta favorita hoje. A melhor parte são as amostras grátis!".

Então, a prima em Port Harcourt curtiria a postagem, e outra amiga confessaria que estava com inveja, e outras ainda diriam como ela era muitooo sortuda. E por um momento ela viveria a vida que os pais tinham imaginado para ela muitos anos atrás.

Depois do intervalo do almoço, afundou de volta na cadeira e estava prestes a ligar os fones quando ele entrou. Glória soube imediatamente que ele era nigeriano, pelo jeito que andava. E quando ele falou, cumprimentando amigavelmente o supervisor com um aperto de mãos, seu palpite foi confirmado. Usava um terno que não era bem o número certo, mas os ombros compensavam. Ele se juntou a um grupo de estagiários no outro lado da sala.

Ele tinha um ar de competência que ela achou irritante, lendo o roteiro como se tivesse memorizado, conseguindo fazê-lo parecer gentil e genuíno. Em certo momento ele notou que ela estava olhando, e toda vez que o olhava depois disso, ele também estava olhando para ela.

Coletou pedaços dele durante o resto do dia, ouvindo escondida conversas de supervisores impressionados que não paravam de elogiá-lo. Ele estava tirando um MBA na universidade. Ele tinha crescido na Nigéria, mas visitava o tio em Atlanta no verão. Depois do MBA, iria para a faculdade de Direito. Seus pais eram médicos.

Glória sabia o que ele estava fazendo, porque fazia o mesmo: compartilhando detalhes demais da sua vida com esses estranhos, deixando claro que aqui, ganhando $13.50 por hora, não era seu lugar. Ela era melhor do que "representante de atendimento ao cliente" – todos tinham que saber que esse título era apenas temporário. Com a diferença que, no caso dele, tudo era verdade.

Ele sorriu para ela quando ela estava saindo, um sorriso com tanta certeza de reciprocidade que Glória quis mostrar o dedo do meio. Mas o pouco de educação que ainda tinha fez com que desviasse os olhos e se apressasse para pegar o ônibus.

Seu telefone apitou. Uma mensagem da mãe. "Por que você me ligou, precisa de dinheiro de novo?". "Não", ela queria responder, "estou bem", mas não o fez. Depois de uma semana, a mãe talvez enviasse $500, dizendo que era a última vez e que seria melhor não contar para o pai. Glória usaria o dinheiro para completar o valor do aluguel ou compraria sapatos novos ou talvez o guardasse, para ficar gastando pouco a pouco – um doce aqui, um restaurante ali – até que desaparecesse. Então, quando a mãe já não conseguisse mais se conter, Glória receberia um sermão duro e longo por e-mail, sobre como ela não teria que se preocupar com essas coisas se fosse casada, e por que ela não deixava o pai apresentá-la a alguns dos rapazes do trabalho? E Glória deletaria o e-mail, e choraria, e relembraria de todos os erros que a trouxeram a esse lugar. Ela conhecia a história de seu nascimento e o que o avô havia dito, mas nunca fazia diferença quando chegava a hora de fazer a escolha certa. Ela sempre era atraída para o lado errado, como um cachorro curioso para provar o próprio vômito.

No dia seguinte, Glória chegou ao trabalho e viu o homem sentado na mesa vazia ao lado dela.

– Bom dia.

– Olá.

– Meu nome é Thomas. Me falaram que você também é nigeriana. Não parece, pelo jeito que você fala.

– Eu moro aqui desde os seis anos, você esperava que eu ainda tivesse meu sotaque depois de todo esse tempo?

Ele ficou sem graça com a rispidez, mas insistiu.

– Não conheço muitos nigerianos por aqui, talvez você pudesse me apresentar?

Glória pensou no punhado de mulheres com quem mantinha contato e que teriam adorado conhecer esse cara, ainda verde e fresco. Mas elas sabiam pouco sobre a sua vida real, pensavam que Glória era uma publicitária com um estilo de vida fabuloso, e apresentá-lo colocaria essa imagem em risco.

– Desculpa, não conheço ninguém também. Tente falar com alguém que tem amigos.

Ele riu, pensando que tinha sido uma piada, e o mal-entendido fez Glória afrouxar a língua. Era bom falar com alguém que não tinha expectativas sobre ela.

– Então, por que você está aqui no fundo do poço com a gente? Não deveria estar fazendo um estágio em algum lugar maravilhoso?

– Isso aqui é meu estágio. Eu na verdade trabalho na parte de administração, mas pensei que deveria procurar entender melhor como é o trabalho nas trincheiras.

– Espera, você tá aqui voluntariamente? Você é louco?

Ele riu de novo.

– Não, é só... você não entenderia.

– Eu não sou idiota – disse Glória. – Então foda-se você – e ligou os fones, ignorando quando ele disse "Ei, da onde veio isso?", e configurou a discagem para a fila mais movimentada. As chamadas vieram uma após a outra, dando a Thomas poucas chances para se desculpar se quisesse.

Uma hora depois, ele colocou um bilhete na mão de Glória. Dizia, "Desculpa. Posso te levar para almoçar?".

O orgulho disse não, mas o estômago, que tinha visto comida pela última vez quando ela tinha roubado aquele sanduíche na tarde do dia anterior, implorou que sim.

Pegou a caneta dele. "Pode ser".

"Mãe, estou saindo com um cara". Glória digitou e apagou essa frase várias vezes, nunca enviando. A mãe ia ligar, com certeza, e dissecar todas as características de Thomas até que ele estivesse descascado o bastante para ela. O pai ia querer ouvir as "intenções do jovem". A felicidade deles arruinaria tudo.

Eles teriam ficado encantados com Thomas. Ele ia à igreja todos os domingos – mas já tinha parado de convidá-la – e tinha o futuro brilhante sonhado por todos os pais. Ele rezava antes das refeições, e antes de ir para a cama, e quando acordava. Ele rezava por ela.

Glória o desprezava. Ela odiava o seu brilho de autossatisfação, que ela não tinha. Odiava como ele conseguia administrar seu dinheiro. Odiava o fato de que quando ela insistira para que eles fizessem sexo, ele se opôs, dizendo para esperarem até as coisas estarem mais sérias.

Glória não se cansava dele. Amava o fato de ele assistir Cartoon Network com o prazer de um adolescente, adorava que ele pudesse atravessar uma multidão de estranhos e sair do outro lado com amigos. Ele não parecia se importar com a sua grosseria, ou com como a sua má sorte a tinha tornado tão amarga a ponto de desejar o mal até mesmo para as melhores pessoas. Ele não parecia se importar que ela visse a felicidade como uma refeição limitada, que ressentia que outras pessoas além dela comessem. Queria perguntar-lhe o que ele via nela, mas temia que a resposta incluísse qualidades que ela sabia que eram ilusões. Um ar desencanado que era simplesmente descuido. Grosseria confundida com honestidade, quando, na verdade, ela era apenas má.

Eles falavam muito da Nigéria, ou pelo menos ele falava, contando sobre como tinha sido crescer em Onitsha e como ele queria voltar algum dia. Ele dizia "nós" e "nosso" como se estivesse subentendido que ela voltaria com ele, e ela começou a saborear um futuro que nunca imaginara para si.

Ela tinha estado na Nigéria muitas vezes, de fato, mas escondia isso dele, adorando, depois odiando, depois adorando o entusiasmo com que ele explicava o país para ela. Ele não sabia que o pouco dinheiro que ela conseguia guardar era gasto em bilhetes de avião para a Nigéria a cada treze meses, ou que, nos últimos anos, ela chegara no dia seguinte à morte da avó, depois no dia seguinte à morte da tia-avó, e depois do tio, e que o avô tinha pedido que ela o avisasse quando reservasse a passagem para que ele pudesse se preparar para morrer. Thomas ainda não sabia que ela não tinha sorte.

Ela mantinha isso em segredo para evitar perguntas, não conseguindo entender que pessoas como Thomas nunca ficavam desconfiadas, apenas confiavam na bondade do mundo, como crianças nascidas na riqueza. Quando ela visitava o avô, eles ficavam sentados juntos no quarto assistindo TV, e Glória se levantava apenas para buscar comida ou bebida. Ninguém sabia por que ela visitava tão frequentemente, ou por que evitava o agito de Lagos, preferindo a aldeia pacata do avô. Ela não podia explicar que o avô a conhecia, a reconhecia como o que era – um buraco negro que comprimia e eliminava a sorte e a alegria – e mesmo assim abria sua casa para ela, dava-lhe um quarto e uma cama, o colchão tão velho que a parte de baixo tinha manchas de quando a bolsa da sua mãe tinha estourado.

No fim da última visita, eles tinham conversado sobre seu destino.

– Só vai ter desastres no seu futuro se você não agradar aos deuses – ele tinha dito.

Quanto mais velha ela ficava, mais ela sentia essa verdade: o inspirar profundo que sua vida tinha sido até agora, em preparação para um exalar explosivo que a destruiria.

– Vô, você sabe que eu não consigo agradar a ninguém, muito menos aos deuses.

Os dois vestiam shorts e regatas; a potência do gerador era baixa demais para esfriar qualquer coisa. Glória estava sentada no chão, mudando de lugar a cada meia hora para encontrar partes mais geladas no piso. O avô estava na cama. Quando ele começou uma de suas fábulas, ela fechou os olhos.

"Um porco-espinho e uma tartaruga chegaram a uma encruzilhada, onde um espírito apareceu para eles.

– Me leve ao coração do rio e deixe-me beber – disse o espírito. Nenhum deles queria ficar preso ao espírito, mas não podiam negá-lo sem uma boa razão.

– Eu sou lenta – disse a tartaruga. – Vamos levar anos para chegar ao rio.

– Eu sou espinhoso – disse o porco-espinho. – A jornada seria muito dolorosa.

O espírito se enfureceu.

– Se vocês não me levarem ao coração do rio antes do cair da noite e me derem água, vou eliminar todas as criaturas das suas espécies.

A tartaruga e o porco-espinho conversaram.

– E se você me carregar – propôs a tartaruga – enquanto eu carrego o espírito? Certamente, chegaríamos até a noite.

– Eu tenho uma ideia melhor – disse o porco-espinho. – Estes espinhos nas minhas costas não são comuns. Eles são mágicos, capazes de conceder qualquer desejo. A única condição é que você deve fechar os olhos e abri-los somente depois que seu desejo for concedido.

A tartaruga e o espírito arrancaram um espinho cada um, ansiosos por desejos que estavam fora de seu alcance, e fecharam os olhos. Foi quando o porco-espinho roubou o espinho da tartaruga e enfiou na carne da sua garganta. Ele encheu as mãos do espírito com o sangue da tartaruga, e ele bebeu, pensando que o gorgolejo que ouvira era o rio. Mas os espíritos conhecem o sabor do sangue. Ele atacou o porco-espinho, mas descobriu que só conseguia se mover na velocidade de uma tartaruga. O porco-espinho continuou seu caminho."

Uma longa pausa sinalizou que o avô tinha terminado.
– Você me escutou?
– Sim, mas o que quer dizer?
– Se você não consegue agradar aos deuses, deve enganá-los.

O tempo que Glória passou com o avô tinha aliviado a pressão que ela vinha sentindo, mas o alívio durou pouco. A volta para casa a recebeu com um fluxo de catástrofes: chaves deixadas no avião. Um acidente de carro, seu pé deslizando no pedal, que estava liso por causa do cheque do seguro de automóvel, que ela tinha esquecido de enviar. Perdeu um trabalho por falta de transporte, e depois de muitas entrevistas infrutíferas, acabou naquela placa de Petri que era a central de telemarketing onde conheceu Thomas.

Thomas, por outro lado, era um homem de sorte. Ele estava sempre encontrando dinheiro pela rua, mas nunca quantias grandes o bastante para causar alarme ou culpa. Ele sempre conseguia o que queria, sempre, e atribuía isso à inventividade e à perseverança, sem perceber a aura de sorte ao redor da sua cabeça. Quando Glória fez com que ele escrevesse um novo pedido para o Facebook, seu perfil foi restaurado em um dia. Ele teria ficado assustado se descobrisse que às vezes ela o seguia quando se separavam depois do trabalho, observando com fascínio como ele atraía a simpatia de todos que encontrava.

Um pouco da sorte dele recaiu sobre ela, que começou a receber convites para eventos tradicionais que nem sabia que existiam. Associação de Mulheres Igbo do Meio-Oeste. Filhas de Biafra, comitê de Minnesota. Festa, Festa, um evento mensal que acontecia cada vez na casa de um membro. Às vezes, enquanto observava Thomas atrair multidões com pouco esforço, ela se perguntava como era possível uma pessoa ser tão abençoada e outra não. Eles tinham nascido no mesmo país, em famílias com recursos e fé semelhantes. Mesmo considerando os privilégios da masculinidade, Glória pensava que eles deveriam estar no mesmo patamar. Ela começou a pensar na sorte dele como algo que lhe fora tirado, e a ver sua relação como uma maneira de igualar as possibilidades.

Finalmente as coisas entre eles ficaram suficientemente sérias para Thomas, e o sexo não foi exatamente medíocre, mas só bom, e não a experiência que ela esperava. Mas Thomas se emocionou e agradeceu por ela ter confiado nele, e ela disse "De nada" daquele jeito fofo e feminino que sabia que ele gostaria, mesmo que o que realmente quisesse fosse que ele deixasse de ser sempre um cavalheiro e a comesse direito.

E quanto mais ele dizia "nós" e "nosso", mais ela demorava para apagar aquela mensagem, "Mãe, estou saindo com um cara". Um dia, em vez de fazer isso, publicou uma foto com Thomas no Facebook, iniciando uma cadeia de eventos que envolveu a prima de Port Harcourt ligando para outra prima, que ligou para outra, e assim por diante, até a notícia chegar na mãe, que ligou para ela. Demorou trinta e sete minutos.

Glória esperou a ligação quase cair na caixa postal antes de atender.

– Alô?

– Quem é ele? Graças a Deus! Como ele se chama?

– Thomas Okongwu – e o Okongwu fez sua mãe começar a agradecer a Deus novamente. Glória não pôde deixar de rir e sentir um rubor de gratidão. Fazia anos desde a última vez que uma notícia sobre ela tinha feito a mãe tão feliz. Contou a ela sobre Thomas e suas ambições, ficando mais animada conforme a mãe se animava também. Ignorou a descrença subentendida no outro lado da linha, como se a mãe não pudesse acreditar que a filha tinha acertado em alguma coisa.

Depois disso, era como se tudo que ela fizesse estivesse certo. Seu trabalho, sempre ridicularizado, era agora uma coisa boa. O fato de ela não ter uma carreira, escreveu seu pai, significava que ela poderia focar completamente nos filhos quando eles viessem. O fato de ela não conseguir administrar seu dinheiro já não importava. Veja bem, ele continuou, ela tinha escolhido o homem perfeito para compensar suas fraquezas. Gentil ao contrário dela, econômico ao contrário dela. Bem-sucedido.

Glória olhou fixamente para o e-mail do pai, que tinha a intenção de confortá-la, mas a fez pensar no vinho e nas pílulas e no que podiam fazer com o corpo. Ela moveu a mensagem para uma pasta que há muito tempo ela tinha chamado de "EVIDÊNCIAS" – documentos reunidos para usar como argumentos caso um dia escolhesse nunca mais falar com o pai.

Quando Thomas perguntou se ela gostaria de conhecer sua mãe, Glória sabia a resposta certa e deu. Mas entrou em pânico com a perspectiva de ter que impressionar essa mulher. Com os pais dela tinha sido fácil. Thomas era impressionante. Ela, não.

– Por que você quer que eu conheça sua mãe? – perguntou. Ela sabia que a pergunta era um pouco estranha, mas queria se sentir segura.

Thomas deu de ombros.

– Ela pediu pra conhecer você.

– Então você não perguntou se ela queria me conhecer?

Depois de uma virada de olhos cheia de paciência, Thomas a agarrou pelos ombros e sacudiu-a gentilmente, exasperado.

– Você sempre faz isso. Claro que quero que você a conheça e é claro que ela quer conhecer você. Você é o único assunto dela agora. Olha – ele pegou o celular e discou. Glória ouviu uma mulher rir do outro lado da linha e dizer algo que fez Thomas rir também. – Ei, mãe, ela tá aqui do lado. Vou deixar vocês conversarem, mas não vai assustar a menina – o telefone quente foi pressionado contra sua orelha, e uma voz quase grossa demais para ser de uma mulher cumprimentou-a.

Glória tentou dizer só as coisas certas sobre ela e sua família, o que significava não dizer muito sobre si mesma. Ela queria que essa mulher gostasse dela, e até mais, que a admirasse, algo que ela achava que não conseguiria sem mentir. No Facebook, fingiu sair do emprego na empresa de publicidade – "Um dia triste mesmo", comentou um velho amigo da faculdade, fazendo Glória suspeitar que ele sabia a verdade (ela o deletou imediatamente). Mas a mãe de Thomas não poderia ser tão facilmente ignorada. Glória enumerou as realizações de seus pais – mãe engenheira, pai dono de uma loja de produtos médicos – para confirmar seu pedigree. Então, contou sobre seus mais recentes interesses sociais, como o grupo de mulheres Igbo, não mencionando que Thomas tinha ajudado nisso. Enquanto isso, uma voz dentro dela se perguntava o que diabos ela estava fazendo. "Enganando os deuses", respondeu.

No dia em que a mãe de Thomas veio visitar, Glória cozinhou por horas em seu apartamento. Pedira receitas para a mãe, que tinha gostado muito de explicar cada passo pelo telefone. Quando Thomas foi para o aeroporto, o apartamento estava tão cheiroso quanto um *buka*, uma grande variedade de pratos aguardando barrigas ansiosas.

A mãe dele era alta e Glória sentiu-se como uma criança ao seu lado. A mãe dele também era carinhosa, e acolheu Glória em um abraço perfumado.

– Bem-vinda, ma – disse Glória, e logo se sentiu idiota por estar agindo com tanta deferência.

– Querida, não precisa ser tão formal, já sinto que te conheço há anos, meu filho só fala de você. Eu é que deveria estar te dando as boas-vindas à família.

Ela elogiou todos os pratos, saboreando um pouco de cada um e aprovando antes de encher o prato. Foi um teste, e Glória ficou satisfeita ao perceber que havia passado.

Thomas apertou sua perna por debaixo da mesa, uma pressão reconfortante que dizia "Viu? Não precisa se preocupar". Mas o que uma pessoa como ele sabia sobre preocupação? Quando a mãe dele perguntou sobre o trabalho dela, ficou claro que ela presumia que Glória trabalhava junto com Thomas, e nenhum deles a corrigiu. No entanto, isso irritou Glória, que não sabia se Thomas tinha esticado a verdade para torná-la mais apresentável, ou se não tinha percebido o que a mãe presumiria.

Thomas usou a pausa que se seguiu para pedir licença por um momento. Glória, sabendo que era uma desculpa, apertou sua mão, suplicando. Thomas se desvencilhou, enquanto a mãe adoçava o café como gostava.

Ele chegou perto e sussurrou, "Seja você mesma. Ela já gostou de você, relaxa".

Thomas beijou Glória em sua boca nervosa e trêmula, e beijou a mãe na bochecha. Assim que a porta se fechou atrás dele, a mulher mais velha falou.

– Bem, são só as garotas agora, sobre o que vamos conversar? – e sorriu como um convite para Glória, que tomou um longo gole de água para mascarar a ansiedade. Quando ela não disse nada, a mãe de Thomas assumiu a liderança.

– Quer dizer que vocês dois estão supervisionando um grupo com trezentas pessoas? Você não vai ter nenhum problema cuidando de uma família, então. Thomas diz que eles são como um grupo de crianças malcomportadas – riu.

Glória sabia que deveria rir também, contar sobre os avisos colados por toda a central pedindo que as pessoas não roubassem a comida dos outros. Mas sua natureza contestadora se agitou.

– Na verdade, eu sou uma das crianças malcomportadas. Eu

trabalho na central.

– Ah – e então, sem hesitar, – Bem, não importa mais, é isso. Estou tão feliz que em breve vocês vão embora dos Estados Unidos pra ficar comigo na Nigéria. É tão importante que as crianças sejam criadas lá. Eu e o pai do Thomas estamos encantados que vocês concordem.

Glória e Thomas nunca tinham falado sobre isso. Se ele estivesse lá, teria apertado sua perna, um jeito silencioso de pedir "Por favor, não discuta com minha mãe". Então, Glória sentiu aquele nó estranho na nuca que ficava tenso sempre que chegava numa encruzilhada. A ideia de decepcionar Thomas tão ousadamente foi a única coisa que segurou sua língua. Infelizmente, essa reticência contaminou o resto da conversa.

– Então, você não tem irmãos?

– Não.

– Tenho certeza que você não gostava disso. Crianças precisam de companhia, não acha?

– Talvez.

A cada minuto que se passava sem Thomas ao seu lado, Glória sentia como se um véu estivesse escorregando dela, revelando cada vez mais a sua verdadeira natureza. Com cada pergunta que a mãe dele fazia, e cada resposta monossilábica que ela dava, Glória sentia a mulher se fechando um pouco, acomodando-se para refletir sobre que tipo de garota ela era. Por dentro, ela estava desesperada, vasculhando por algo interessante para dizer, mas só conseguia dar respostas curtas.

Depois de trinta minutos, a simpatia da mãe tinha virado só educação, e Glória pediu licença e foi até o banheiro antes que esfriasse mais.

"Você tem que voltar!", ela mandou para Thomas. "Agora!".

E ele voltou, na hora em que a mãe ficou séria e se inclinou para dizer alguma coisa. Momento perfeito, como sempre. Sempre perfeito.

Com Thomas lá, a cumplicidade entre as duas mulheres voltou, mas quanto mais eles conversavam, mais a mãe mencionava a expectativa de que Glória deixasse tudo para trás e voltasse para a Nigéria e morasse lá com suas hipotéticas crianças, na casa da sogra. Thomas ficava mais confortável na Nigéria e retornaria quando terminasse os estudos, para se juntar à Glória, que já estaria bem instalada. Se a ideia tivesse sido dela, ou se ela tivesse sido consultada, Glória talvez não se importasse, mas tudo era dito como se fosse o óbvio, não uma escolha. Toda a conversa de Thomas sobre "nós" e "nosso" parecia menos com uma colaboração agora, e mais com um general comandando as tropas. Glória ficou surpresa ao perceber que não era a única escondendo coisas.

Depois de levar a mãe para o hotel, Thomas e Glória ficaram um pouco no estacionamento, cada um esperando que o outro rompesse o silêncio. Então, sem desculpas nem explicações, Thomas colocou uma caixa no colo da Glória. Ela abriu, a dobradiça rangendo para revelar um anel que, há apenas um ano, ela nunca teria imaginado receber. A tensão voltou para o pescoço.

Uma parte de Glória sempre quis impressionar os pais por mérito próprio. Ela guardava uma esperança de que um dia todos os passos errados a levariam a realizações que ela poderia exibir como suas, que o caos aparente da sua vida se uniria em um intrincado quebra-cabeça, cujo formato só poderia ser compreendido quando estivesse completo. Que esse anel fosse sua salvação – ela não podia aceitar isso. E, no entanto, era a salvação. Ser aceita por companhias adequadas. Mentiras que ela nunca mais teria que contar. Podia se perder no redemoinho de Thomas, a criança de ouro que se tornara um homem de ouro.

Mas Glória pensou na primeira vez em que tinha transformado sua sorte com um movimento verdadeiramente imprudente, a coisa do cachorro. Lá estava o cachorro do tio, dormindo. Ela tinha se sentido inquieta e um pensamento tomou conta da sua cabeça, dizendo que a tensão desapareceria se tocasse a língua do cachorro. De repente, pareceu a única coisa a ser feita. Acariciava a cicatriz agora, pensando em todas as vezes que tinha escolhido o estúpido em vez do sensato, sabendo, tendo certeza, que desta vez tinha acertado. Não podia errar novamente.

Olhando para o anel, ressentimento e êxtase guerrearam até que um superou o outro e Glória tomou mais uma decisão.

O que é um vulcão?

O rei das formigas e a deusa das águas estavam brigando. A briga ainda estava no início, causando mais olhos revirados e risos sarcásticos do que medo. Água tinha dividido um dos seus córregos, e a nova corrente havia levado um pequeno formigueiro que não tinha muita importância, exceto pelo fato de Formiga ter se afeiçoado especialmente àquela colônia novata. Ele reclamou primeiramente para a deusa dos corações, cuja compaixão era lendária. E então para o deus da vingança, conhecido... bem, pelas suas vinganças. Formiga contatou diversos outros deuses, tentando puxá-los para o seu lado da batalha, mas aqueles que não o rebateram, riram dele, porque Formiga era o menor dos deuses, pouco mais do que um espírito, e quem é que sabia que havia um deus das formigas, você sabia?

Então Formiga começou a se vingar de maneiras sutis, depositando montes de terra em pequenos corpos d'água para que eles virassem lama e ficassem lentos. Água retaliou inundando as encostas que Formiga usava para suas colônias, deixando as margens, antes secas, molhadas demais para que se pudesse construir qualquer coisa ali. Formiga fez seus subordinados triturarem o caniço que segurava o curso das águas em um pequeno vilarejo, e então elas invadiram as plantações e os agricultores, enfurecidos, amaldiçoaram o rio.

Foi um vai e vem por cinco séculos humanos, e se alguém perguntasse à Água o que ela pensava de Formiga, ela respondia com uma risada afetuosa temperada com aborrecimento. Um homem tão insignificante, com preocupações insignificantes, mas uma distração divertida para uma mulher como ela. Ninguém perguntava a Formiga o que ele pensava de Água, mas alguém deveria ter percebido que não se deve tolerar atitudes insignificantes vindas de homens insignificantes. Formiga odiava Água. Ele odiava a risada condescendente que ela soltava quando o nome dele era mencionado. Ele odiava como ela parecia sentir prazer em encontrar as pequenas colônias que ele escondia perto de lagos ou córregos. Um dia, ele encontrou os restos afogados de uma dessas colônias, a rainha enterrada na lama, sem dignidade, exposta para quem quisesse ver. Água era tão poderosa, tão respeitada e amada e venerada. Qual era a importância de formigas para ela? Ele decidiu mostrar para Água o que era perder.

O mais majestoso dos rios, do qual todos os outros rios fluíam, era a fonte do poder de Água. Formiga mandou uma formiga com uma pedra para dentro da parte mais profunda e calma. E então ele mandou outra. E outra. No início, as pedras só davam uma aparência bonita ao fundo do rio. Mas no decorrer de mil anos elas começaram a se acumular.

Água estava distraída com suas gêmeas recém-nascidas, ou teria percebido a mudança nas correntes mais cedo. Mas, naquele momento, elas eram meninas maravilhosas cujos olhos a seguiam, e somente a ela. O nascimento de deusas gêmeas era tão raro que elas atraíam uma corrente constante de visitantes que queriam homenageá-las e admirá-las. Duas recém-nascidas, que maravilhoso. Elas seriam as mais poderosas deusas d'água que o mundo já vira. Quando o fluxo de visitantes se acalmou, Água notou certo enfraquecimento dos seus poderes, acentuado demais para ser resultado do parto, do qual ela já havia há muito se recuperado. Deixando suas filhas sob os cuidados da sua irmã, ela andou pelas margens. Chegando à barragem inacabada de Formiga, Água jogou uma onda contra ela, sem saber nada sobre a sua causa ou o ressentimento que a cimentava. A parede de pedras repeliu a onda tão fortemente que Água foi derrubada. Formiga, que estava no processo de adicionar mais pedras, riu e riu, mas silenciosamente, para não revelar seu esconderijo. Veja bem, Água, derrubada pelas forças que ela mesma controlava!

O problema daqueles que não conhecem o poder é que eles não conhecem o poder. Água forçou novamente, com toda a sua raiva, e dessa vez a parede cedeu, a força da água tão grande que estourou a barragem e inundou metade do mundo. E nesta metade do mundo se encontrava a maior colônia de formigas que você poderia imaginar, um labirinto criado no decorrer de gerações, um favo de terra empilhado tão alto sobre uma montanha que até o deus das montanhas era forçado a respeitá-lo. Mas foi destruído pela fúria de Água.

Ao ver isso, Formiga perdeu a razão. Correu até a casa de Água e, enquanto a irmã dela dormia, entrou por uma janela aberta e sequestrou suas filhas. Escondeu uma das meninas em uma colônia de formigas guerreiras, ordenando que elas impedissem qualquer um de levar a criança, e a outra ele escondeu em um lugar onde Água nunca pensaria em procurar.

Sem saber que suas filhas tinham sido levadas, Água lidou com os deuses e as deusas que haviam sido afetados pela inundação. O deus dos pássaros perdera um quarto do seu bando quando eles se cansaram durante o voo e não havia onde pousar. Ela implorou perdão, que lhe foi concedido facilmente, afinal, essa não era nossa Água, tão conhecida por nós, e que tinha acabado de dar à luz a próxima geração de deusas?

Ela foi alertada pelo lamento. Tanta angústia naquele lamento. Água correu de volta para casa, esperando que a voz conhecida ou sua angústia fosse simplesmente um engano dos seus ouvidos. Mas lá estava a irmã, arrancando os cabelos pelas raízes, e lá estava o berço vazio, ainda segurando o calor das meninas. Água liberou um tsunami de som, e todos os deuses que pudessem andar ou voar, e todos os espíritos que assombravam todos os lugares, vieram até ela. Quem, ela queria saber, e onde? Ninguém conseguia pensar em quem poderia desejar tanto mal para Água. Até Morte jurou inocência, ela que já tinha levado algo de todos ali presentes. A irmã de Água não tinha visto nem ouvido nada, perdida como estivera no mais doce dos sonos. Ninguém falou, mas todos pensaram: "É isso que acontece quando você pede a uma semideusa que faça o trabalho de uma deusa". Nenhum deles, nem mesmo Amor, mantinha contato com seus irmãos semideuses, para que eles não descobrissem que, livrando-se dos seus parentes mais poderosos, poderiam tornar-se deuses eles também. Pobre Água, tão tolerante, tão generosa, e veja como tinha sido recompensada.

Os outros deuses se prepararam para punir a irmã, e Água assustou-se com o vazio que sentiu dentro de si, onde deveria haver lealdade. E então um espírito dos campos deu um passo à frente, apavorado, mas determinado, e mostrou a todos um fragmento da barragem. Formigas. Eram formigas que mantinham a parede, e ressentimento que lhes dava poder.

Água não queria acreditar. Formiga era o responsável? O pequeno deus com quem ela tinha uma rixa há milênios? A raiva logo substituiu a descrença, e Água foi à caça.

Se Formiga tivesse ficado por perto quando deixou a primeira menina com as formigas guerreiras, poderia ter impedido a cena que encontrou. Se tivesse ficado por perto, teria percebido que a perda do formigueiro ancestral havia diminuído seu poder sobre as formigas. Teria visto as formigas atacarem a criança no momento em que ele virou as costas, ansiosas pelo gosto de carne divina. O que muitos não sabem, um segredo que deusas-mãe guardaram pela eternidade, é que deuses-criança são apenas isso, crianças. E assim como uma criança humana precisa aprender a falar e a andar e a se juntar ao mundo dos pais, deuses-criança também precisam aprender a ser deuses. Mas, diferente de crianças humanas, deuses-criança precisam até mesmo aprender a crescer, guiados por suas mães de um estágio para o outro até atingirem a divindade. A filha de Água era jovem demais para saber que era divina e não podia ser comida, e então, foi. Formiga voltou e encontrou restos de ossos em que não restava nem mesmo tutano. Ele ouviu seu nome em um grito que atravessou o mundo, e soube que Água não poderia saber nunca, jamais. Ela afogaria o universo.

Formiga moeu os ossos da menina até eles virarem uma poeira que ele transformou, cheio de pânico e arrependimento, em uma pequena pedra azul. Ele sussurrou para dentro da pedra a localização da irmã da menina morta, e apagou a informação de sua memória. Esse conhecimento era perigoso demais. Então, foi se esconder entre os humanos, tentando viver como um deles. Casou com mulheres humanas que tiveram filhos que ele sufocava enquanto dormiam, com medo de que eles tivessem algum traço divino que causaria o seu fim. Quando as mulheres começavam a suspeitar, ele as deixava, e elas ficavam loucas ou seguiam suas vidas, lentamente o esquecendo como se esquece de um deus que não atende preces.

Água buscou suas meninas pelo mundo todo. Ela escavou todos os formigueiros que conseguiu encontrar. As formigas guerreiras, apavoradas demais, não lhe contaram o que haviam feito, mas disseram que Formiga agora vivia entre os humanos. Água procurou por Formiga. Destruiu linhagens por completo tentando encontrá-lo. Quando, após trezentos anos, o deus dos céus ousou mencionar como as águas do mundo estavam negligenciadas, ela secou países inteiros só de raiva. Esta é a nossa Água, um deus disse para o outro, nossa Água, tão doce. Deixe-nos ajudar, não atrapalhar. Então eles enviaram emissárias de todos os reinos espirituais, segundas filhas e espíritos menores com poderes similares, todas as semideusas, prometendo ajudar por um século. Mas o luto de Água era tão profundo que as consumiu, e tornou-se delas. Esqueceram as mães e os irmãos e os amantes para os quais haviam jurado retornar; esqueceram que tiveram um passado antes de o luto remover tudo que havia dentro delas. Perguntavam-se como um corpo podia estar a ponto de explodir de luto, mas também estar vazio. Essas semideusas de terra e ar e memória conseguiram suportar perder a si mesmas, mas o luto de Água as afogou. Seus maridos, seus filhos, suas casas tornaram-se apenas reflexos em um córrego, quebrados demais para serem reconhecidos.

Elas rasgaram o mundo. Chuvas nunca antes vistas. Terremotos que destruíram tudo. Uma semideusa vinda da casa do fogo incendiou uma cidade inteira procurando as meninas de Água. Foi um século sombrio para humanos e para deuses também. Então, as semideusas elaboraram um plano mais astuto para suas buscas. Elas se fizeram visíveis para olhos humanos, seduzindo homens e mulheres, ameaçando homens e mulheres, criando uma rede de espiões ao redor do mundo, que acendiam velas e rezavam para elas e passavam esta nova religião para seus filhos. Cada pessoa convertida era um novo par de olhos no mundo, um novo par de orelhas para detectar boatos sobre homens que não pareciam se encaixar, ou homens que alcançavam sucesso ímpio, mas nunca eram vistos rezando. Muitos homens bons foram destruídos por semideusas furiosas que descascavam suas peles procurando pelo deus que podia estar escondido dentro delas.

Após infrutíferos setecentos anos e incontáveis humanos a seu serviço, caiu sobre Água a certeza de que nunca mais veria suas gêmeas. Ela desmoronou onde se encontrava, e todos as emissárias se deitaram ao seu lado. Poeira recaiu sobre elas, e musgo, e tantos escombros que elas se tornaram parte da terra, montanhas de quadris e nádegas e angústia.

Todas, menos uma. A única que sentiu a raiva de Água multiplicada pelo sentimento mais poderoso de todos, que não deixa uma pessoa descansar: a culpa. A irmã de Água, não exatamente uma deusa. A culpa se revirava em seu estômago como um navio em uma tempestade. Ela estava dormindo enquanto as filhas da irmã eram levadas. O remorso, tão parecido com um deus, a assombrava, ocupava a sua cama como um amante, sussurrava em seu ouvido como uma amiga querida. Seu nome foi esquecido rapidamente. Logo todos a chamavam Aquela que Matou Água, que no decorrer dos anos tornou-se Matou Água, e então Mágoa, que pegou, e eventualmente até Mágoa esqueceu-se que já fora outra pessoa. A culpa triturou todas as suas conquistas até virarem pó, e no fim ela conhecia apenas o Antes e o Depois. E o Antes parecia o sonho incompreensível de uma mulher iludida.

Mágoa seguiu procurando sozinha por muito tempo após Água e suas mulheres caírem, revirando toda a crosta terrestre à procura de Formiga e de suas sobrinhas. Sempre que um vento generoso escutava algum boato e sussurrava o nome de Formiga em seu ouvido, ela o seguia a cada cidade, município ou vilarejo para o qual ele tivesse corrido e encontrava o último homem, mulher ou criança que o tivesse visto. Ela arrancava todos seus segredos, coisas que eles nem tinham consciência de saberem, e depois ela arrancava seus olhos, sua língua e seu coração, para que eles nunca mais soubessem de nada. Às vezes ele escapava por pouco. Outras vezes, o rastro era tão velho que se desintegrava enquanto ela andava por ele, as pessoas que tinham conhecido o Formiga humano já há muito tempo mortas.

Formiga tentava levar vidas quietas, mas eventualmente alguém percebia algo sobre ele, sua perversidade ou divindade, e ele era expulso da cidade – ou era tão aclamado que ficava com medo de chamar a atenção de algum deus que o reconheceria. Por mais que o irritasse, ele sabia que teria que abandonar seu status de deus se quisesse continuar vivo. Também teria que se livrar da pedra que mantinha seus segredos.

Então Formiga sussurrou para dentro da pedra tudo o que já havia sido e a lacrou com o nome humano que havia escolhido.

Manteve somente sua imortalidade, para que um dia pudesse ser restituído e não mais perseguido. Tentou enterrar a pedra, mas animais sempre cercavam os locais e começavam a cavar. Entregou a pedra para um menino, mas ele correu para mostrá-la aos amigos, então Formiga a pegou de volta e enterrou o menino. Desesperado, escavou uma caverna em uma montanha e pensou em esconder-se lá pela eternidade. Encontrou uma pedra grande e a usou como cama; era sua penitência. Mas cem anos se passaram e ele ficou entediado com o arrependimento. Colocando a cabeça para fora da caverna, viu uma menina carregando um balde d'água. A água não era para ela, ele tinha certeza, e mesmo assim ela a carregava na cabeça graciosamente e sem reclamar. Ele a observou por dias, indo e vindo e sempre carregando água, mas para quem? Para quê? Às vezes, meninos dançavam ao seu redor, tentando distraí-la da sua tarefa, mas ela apenas continuava, dia após dia. Formiga percebeu que se podia exigir quase qualquer coisa de uma menina. Ele saiu da caverna e bloqueou o caminho dela, segurando a linda pedra azul, e disse:

– Você sabe guardar um segredo?

A menina pegou a pedra, aceitando-a tão completamente que ela se afundou em sua palma, alojando-se na base dos seus dedos. Ela foi tomada por informações assustadoras – uma criança comida até os ossos, e a mãe acreditando que ela estava viva e saudável – e pela certeza de que não poderia contar isso nunca, a ninguém.

Então Mágoa ainda vaga pelo mundo sem saber que perdeu Formiga para sempre. A menina vai carregar seu segredo, e quando ela não for mais uma menina, vai passá-lo para outra menina, e essa pedra da tristeza será surrupiada em bolsos de uniformes e escondida debaixo dos travesseiros de camas conjugais, segregada em diários, protegida fielmente pelo tipo de menina que, acima de tudo, obedece.

E enquanto Mágoa continua vagando, Água e suas mulheres permanecem catatônicas em sua dor, sonhando com seus filhos.

E quando a deusa-criança sobrevivente chora no lugar onde está escondida, seus corpos a escutam, e seus seios choram, e isso, já que você perguntou, é um vulcão.

Redenção

No dia depois que nos conhecemos, ela arremessou um míssil de merda enrolada em jornal como um presente. Ele explodiu na lateral de casa, espalhando uns pedaços e deixando uma mancha marrom. Minha mãe, furiosa, reclamou dos vizinhos (nunca para eles, perceba) e lamentou que não se fizessem mais empregadas como antigamente. Eu, por outro lado, me apaixonei.

Mayowa tinha treze anos, mas parecia ter a idade em que as mulheres encontram a plenitude. O Sr. e a Sra. Ajayi a receberam para substituir a Abigail, que já trabalhava para eles quando nós nos tornamos vizinhos. Minha mãe disse que já não era sem tempo, que uma mulher daquela idade já deveria ter a própria casa, não limpar a dos outros.

– Eles precisam de uma menina jovem e com energia, mas não daquelas ambiciosas. Essas nunca duram.

Minha mãe recitava as virtudes de jovens empregadas o tempo todo – adaptável, facilmente intimidada, que provavelmente não seduziria o homem da casa ou apareceria grávida. Então ela conheceu a tal jovem empregada. Os Ajayis trouxeram a Mayowa na nossa casa para que nós a conhecêssemos. A Sra. Ajayi a cutucou e ela fez uma mesura dura para minha mãe, como se os joelhos estivessem se rebelando. A minha mãe percebeu.

– E esta é a senhorita – a Sra. Ajayi me provocou, e a mesura de Mayowa foi ainda mais relutante. Compreensível, já que tínhamos a mesma idade, mas minha mãe ficou indignada.

– Olha bem pra ela. Nancy, você vai ter problemas com essa

aí – minha mãe disse, completando com "Vocês são gentis demais" quando a Sra. Ajayi explicou que a Mayowa era filha de um primo de terceiro grau que não tinha dinheiro para pagar seus estudos. Como que para confirmar as predições da minha mãe, Mayowa levantou a cabeça e a olhou diretamente nos olhos.

– Que atrevida! E olha isso – ela apontou para o traseiro de Mayowa. Ela era pequena para sua idade, com um físico musculoso e compacto que prometia florescer e virar algo interessante. – Essa aí logo vai estar trazendo garotos pra casa, se já não traz – disse, questionando a virtude de Mayowa. A resposta chegou no dia seguinte, enrolada nos resultados questionáveis da eleição da semana anterior.

Grace, nossa empregada, que teve que limpar a bagunça, olhava com escárnio toda vez que passava por Mayowa ou ouvia seu nome. Grace tinha dezenove anos, muito mais do que minha mãe considerava como a idade ideal de uma empregada, e era muito mais bonita do que minha mãe gostaria, mas meu pai já tinha ido embora há tempos, então ela permanecia conosco. Quando as pessoas perguntavam onde estava meu pai, minha mãe dizia que ele estava viajando, o que era verdade, se "viajando" significasse "minha amante cozinha melhor, vou morar com ela agora".

Eu comecei a passar a maior parte do meu tempo lá fora, arrancando limões do limoeiro, escrevendo no carro empoeirado da minha mãe, descansando na sombra com os lagartos. Quando o portão dos Ajayis rangia, eu corria e espiava por uma fresta no metal. Às vezes era o marido ou a mulher saindo, às vezes era o cara que cuidava dos cachorros, mas na maior parte das vezes era a Mayowa, desfilando a caminho da escola ou do mercado ou da farmácia. Ela andava como se a terra girasse conforme os seus passos. Eu gostava de pensar que se ela soubesse que eu estava ali, ela viraria e acenaria.

A Sra. Ajayi era muito velha, chegando àquela idade em que a vida para de ter sentido, cinquenta anos, acho. Eu ficava lá sentada com ela porque todo mundo sabe como os velhos gostam da companhia de jovens. Eles nos sugam como vampiros, ou flores que estão murchando e precisam dos raios de sol da nossa juventude. Toda vez que a Sra. Ajayi me via, ela suspirava, e eu já era bem mais velha quando percebi que nunca era um suspiro de alívio.

Ela me alimentava com Fanta e *chinchin* e me escutava falar e falar e falar. Às vezes, seus segredos escapavam, lubrificados pela solidão, e ela contava coisas que não deveria, como o fato de seu filho mais velho não conseguir arrumar emprego e o Sr. Ajayi já não aguentar mais lhe emprestar dinheiro. Eu era a sua jovem confidente, a filha que ela nunca tivera, exceto pelas duas filhas que, de fato, teve, e que a visitavam às vezes, aos domingos, com seus filhos pequenos.

Eu não estava preocupada que a Mayowa fosse me substituir. Ela não era o tipo de garota que conseguia ficar parada e escutar mulheres velhas contando seus problemas. Na verdade, ela parecia o tipo de garota que esconderia os remédios de uma mulher velha e assistiria a tremedeira das suas mãos aumentar até ela ficar incapacitada demais para impedir Mayowa de roubar tudo de dentro de sua bolsa. Eu gostava muito dela.

Então eu aumentei a frequência das minhas visitas à Sra. Ajayi. Antes eu a visitava a cada duas semanas, e só às vezes, mas agora era toda a semana, e depois quase diariamente, já que qualquer motivo era bom o bastante para me fazer passar lá.

– Sra. Ajayi, minha mãe precisa da panela que a senhora pegou emprestada há seis meses.

– Sra. Ajayi, posso comer essa goiaba madura da sua árvore?

– Sra. Ajayi, tem um fio puxado no meu vestido, a senhora pode arrumar?

E quando ela chamava a Mayowa para pegar a panela ou a tesoura ou o velho cabo de vassoura usado para derrubar as frutas mais altas, eu observava, tentando entender o que nas feições dessa garota a fazia corajosa o bastante para arremessar merda na minha mãe. O cabelo dela era raspado – sobrava tão pouco que quase nem cobria a cabeça – e não ajudava a melhorar o seu rosto tão obviamente medíocre. "É só isso que ela é", eu dizia a mim mesma, "uma garota medíocre". E mesmo assim.

Minhas visitas à Sra. Ajayi se fixaram em duas vezes por semana, uma vez quando Mayowa estava em casa – eu pedia por algo que precisasse ser buscado para poder assisti-la, estudar a ousadia dos seus movimentos – e uma quando ela não estava, para que a Sra. Ajayi pudesse falar o quanto quisesse. A Sra. Ajayi perguntava como estava minha mãe e, às vezes, hesitante, perguntava sobre meu pai, em meio a palestras sobre a sua semana e seus acontecimentos mais emocionantes. Normalmente, isso envolvia ouvir sobre alguma coisa que a Mayowa tinha feito.

Eu recolhia essas histórias do lixo dos dias entediantes da Sra. Ajayi, o seu filho preguiçoso, os problemas intestinais do Sr. Ajayi. Como a vez em que a Mayowa segurou uma das colegas de classe, prendeu a cabeça dela entre os joelhos e raspou metade das suas tranças com uma lâmina antes de um adulto intervir. E o dia em que ela provocou tanto os cachorros deixando seus potes de comida onde eles não conseguiam alcançar, que eles morderam o cuidador pela primeira vez desde que eram filhotes. Ou como ela servia ao Sr. Ajayi muito mais carne do que as suas tripas velhas aguentavam só para poder comer o que sobrasse no prato. Quando aparecia algum episódio sobre Mayowa, eu o guardava na minha memória, onde poderia reimaginá-lo diversas vezes até me convencer de que tinha estado lá. Eu gostava de pensar que ela queria que eu estivesse.

Ir à igreja significava que minha mãe me faria vestir babados feitos para meninas muito mais novas do que eu, e que eu suaria toda a goma desses babados dentro da sala sem ar-condicionado, e também que nós veríamos a mulher por quem meu pai tinha nos deixado. Ela vinha em alguns domingos, quando o peso do pecado de fornicar com um homem casado se tornava demais para ela aguentar. Minha mãe não sabia que eu sabia quem ela era e que entendia por que minha mãe não batia palmas quando a mulher dava testemunho de algum ato de bondade divina. Ela sempre usava amarelo, e ficava bonita nessa cor. Não bonita o bastante para valer a pena abandonar sua única filha legítima, mas dava para entender o que um homem via nela. Eu me imaginava arremessando alguma coisa na casa dela, algo duro, algo que machucaria um homem lhe dando um beijo de despedida distraidamente, de costas, sem ver a pedra indo na sua direção.

O Irmão Benni era o representante do Grupo de Jovens naquela semana, e quando eles anunciaram que as crianças deveriam ir para a Escola Dominical, eu fingi que estava com dor de estômago para ficar com a minha mãe. Ela ficou irritada e não disfarçou.

– Você vai parar de bobagem com o Benni logo-logo, ele é um homem bom!

E era mesmo. Depois do Serviço, o Irmão Benni se misturava às pessoas, carregando doces e biscoitos, e os meninos o atacavam e limpavam seu estoque em segundos. Ele levantava os meninos que podiam ser levantados, girava-os como barris debaixo dos braços e fingia que eles eram pesados o bastante para fazê-lo tropeçar, para a alegria de quase todo mundo que assistia. Mas as meninas já tinham aprendido a manter distância.

Há alguns anos, antes do meu pai ir embora, quando minha mãe era uma pessoa diferente, eu contei para ela o que o Irmão Benni tinha feito comigo. Ela contou para o meu pai, que contou para o pastor, que falou com o Irmão Benni, que me chamou de mentirosa. Esse foi o começo do fim para nós. Provavelmente o escândalo que nós armamos era o que tinha afastado meu pai, como minha mãe gostava de me lembrar de vez em quando.

O escândalo humilhante de uma filha que contava histórias mentirosas.

Minha mãe estava envaidecida. A cada três domingos era feita uma doação especial para ajudar o Fundo para Viúvas e Órfãos. E, às vezes, o pastor dava as doações da semana – seguras em uma bolsa de veludo vermelho com borlas douradas – para que um membro da igreja as levasse para casa e as trouxesse na semana seguinte. Era uma demonstração de fé da parte da igreja, e um testemunho da confiança depositada nos seus membros. Essa era a segunda vez seguida que minha mãe recebia as doações, e a sexta vez ao todo. Ela era a mulher mais confiável da nossa igreja, e deu um jeito de todo mundo ficar sabendo.

– Seis vezes, nossa. Evelyn, você é a única que ganha de mim! Ah, você foi escolhida quatro vezes? Eu tinha esquecido.

Quando ela trouxe a sacola para casa, colocou-a onde sempre colocava, na prateleira da sala de estar. Se alguém visitasse durante a semana, veria a sacola totalmente à mostra.

Ela fazia a Grace tirar o pó ao redor da sacola e a lembrava de que "homens querem uma mulher confiável e devota a Deus. Não tem a ver só com a sua aparência, você tem que ser honesta e boa". Grace, que já tinha recebido algumas sovas corretivas da minha mãe, franzia os lábios e não dizia nada.

No dia seguinte, enquanto minha mãe e Grace estavam no mercado, a Mayowa passou ali em casa.

– A madame quer saber se sua mãe tem limão.

Minha mãe teria dito não, mesmo se nós tivéssemos, mas eu convidei Mayowa para entrar e fui verificar. Ela hesitou na porta dos fundos, e entrou. Examinou a cozinha e eu imaginei que estivesse comparando com a cozinha dos Ajayi. Era maior, mas não tão bem cuidada. Dois armários estavam sem porta, arrancadas durante uma das explosões de raiva da minha mãe. A porta da despensa estava sem maçaneta. Dava para ver o concreto em algumas partes do chão, onde o piso estava quebrado. Era um cômodo que não recebia nenhuma manutenção há anos.

Querendo impressionar a Mayowa, perguntei se ela queria ver o resto da casa. Ela levantou a sobrancelha, num gesto tão parecido com a minha mãe que os pelos do meu braço se ergueram. Minha mãe teria desmaiado de humilhação ao me ver tratar uma empregada como visita, então eu me apressei com ela pela casa, mostrando isso e aquilo. Na sala de estar, Mayowa viu a bolsa com as doações e, já mais confortável na minha casa do que eu, abriu-a. Os seus olhos saltaram ao ver a quantidade de dinheiro dentro dela.

– É da igreja – eu expliquei, estranhamente orgulhosa pela primeira vez. – Eles pediram para nós guardarmos.

Mayowa colocou a bolsa no lugar e fomos para o próximo cômodo.

Quando chegamos ao meu quarto, mostrei a pilha de revistas que eu relia de vez em quando. As capas estavam amassadas e quase sem brilho. Depois que meu pai foi embora, nós paramos de comprar revistas – o que costumava ser uma compra ordinária, agora era um luxo. Eu separei minha preferida, uma revista de moda com páginas e páginas de mulheres vestindo *aseobis* feitos sob medida, e Mayowa e eu ficamos em silêncio, invejando as roupas que éramos jovens demais para usar. Se ela sentiu a proteção plástica do colchão quando se moveu na cama, escolheu não dizer nada. Eu tentei regularizar minha respiração e silenciar os batimentos rápidos no meu peito. Quando eu inspirava, sentia o perfume do sabão que ela usava para lavar os cabelos (provando que minha mãe estava errada quando afirmava que todas as garotas de vilarejo eram sujas) e o cheiro terroso dos inhames que ela tinha cortado mais cedo naquele dia. Eu queria saber o que ela estava pensando, se ela me achava tão interessante quanto eu a achava, se ela se sentia tão atraída por mim quanto eu por ela. Se ela queria ser minha amiga.

Eu troquei de página e Mayowa apontou para uma modelo com um vestido laranja e vermelho com muitos babados e uma cauda que pertencia a outro vestido. A imagem estava circulada em caneta e a página dobrada.

– Gosto desse – disse.

Eu não gostava. Era um que minha mãe tinha circulado há um milhão de anos para nossa costureira fazer, quando ela frequentemente mandava fazer vestidos. Era feio, eu e Grace concordamos, e minha mãe nos escutou. O sermão que a Grace tinha ouvido não foi bonito. Mas a Mayowa não sabia disso. Eu esperava que ela tivesse pensado que eu tinha circulado o vestido e tivesse dito que gostava por isso. Eu sentia vontade de contar a ela tudo que tinha acontecido comigo, por que eu tinha começado a molhar a cama e por que meu pai tinha nos deixado. Como o Irmão Benni tinha puxado tanto os meus cabelos que tranças tinham se soltado do meu couro cabeludo e deixado uma parte careca que brilhava dependendo da luz.

O som familiar da buzina da minha mãe soou no portão. Eu pulei e me apressei para guardar as revistas. Mayowa levantou-se com calma, ainda segurando a revista que tinha o vestido.

– Fica com ela – eu disse, em parte para ser gentil, em parte para fazê-la ir embora antes de minha mãe vê-la dentro de casa. Ela assentiu, nem um pouco afetada pelas buzinadas insistentes da minha mãe.

Eu abri o portão e a Mayowa escapou depois de minha mãe entrar com o carro, a revista enrolada na mão.

No dia seguinte, quando ouvi o portão dos Ajayis rangendo, espiei pelo nosso portão e vi a Mayowa segurando uma sacola transparente que parecia estar cheia de potes vazios, os remédios do Sr. Ajayi. Ela estava indo até a farmácia, uma caminhada de mais ou menos dez minutos. Acho que fiz algum barulho, ou ela sentiu minha presença, porque parou e olhou na minha direção, esperando. Eu levantei a alavanca de metal que trancava nosso portão e saí. Ela sorriu o sorriso cuidadoso de quem não tem muito motivo para isso. Nós caminhamos juntas até a farmácia, mas nenhuma de nós disse nada. Enquanto eu pensava no que poderia dizer, Mayowa andou mais rápido e eu acelerei para acompanhá-la. Quando ela se moveu ainda mais rápido, eu consegui acompanhar mesmo assim. Uma de nós deu uma risadinha e começamos a correr ao mesmo tempo, exclamando e gargalhando. Cheguei antes à farmácia. Eu gosto de pensar que ela me deixou ganhar.

Eu imaginava como nos tornaríamos grandes amigas, como nossa amizade secreta definiria nossas vidas com o passar dos anos. Nós podíamos fugir e nos tornar estrelas de Nollywood e viver em um apartamento exclusivo na Ilha Victoria, como irmãs, ou algo mais, algo que eu ainda não tinha palavras para definir. Eu queria que ela me ensinasse a arremessar coisas.

Mayowa e Grace estavam planejando alguma coisa. Eu percebi pelo modo como elas evitavam o olhar uma da outra e como quando alguém as chamava elas ficavam paralisadas como um veado na estrada. Minha mãe não notou nada, só que a Grace estava ficando desastrada e será que ela não sabia que ninguém queria uma esposa desastrada. "É, você bem sabe", Grace murmurava quando minha mãe estava longe, e me desafiava com o olhar a contar para ela. Eu tentava estabelecer contato visual com a Mayowa e, quando conseguia, sorria hesitante, e ela sorria hesitante de volta. Mas ela não me contou o que estava acontecendo, mesmo que eu pudesse adivinhar.

Eu não falei nada quando vi a Grace de olho na bolsa de veludo vermelho. Não falei nada quando a Mayowa, que raramente visitava a nossa casa, começou a inventar razões para aparecer por lá. Minha mãe não era gentil com ela como a Sra. Ajayi era comigo e a fazia esperar do lado de fora da porta da cozinha enquanto buscava o que ela precisava. Era lá que ela e a Grace estavam conversando quando eu ouvi "doações sussurro sussurro nós podemos pagar o transporte sussurro sussurro". Eu sabia que deveria falar alguma coisa, mas não falei.

Pegaram as duas, de qualquer maneira. Foi culpa da Grace, acredito. Elas já estavam na rodoviária da cidade vizinha, onde planejavam se separar. Grace chorava quando foi devolvida para minha mãe. Mayowa se perdeu na multidão. O dinheiro desapareceu, provavelmente nos bolsos dos homens que as apreenderam. A mãe da Grace veio do vilarejo interceder pela filha. Minha mãe queria ouvir a história completa, mas toda a vez que a Grace começava com "A Mayowa me disse pra...", minha mãe interrompia

– Como é que uma garotinha pode mandar em você? Me conte a verdade, agora. Se não contar a verdade, entrego você para a polícia. Você quer isso? – todo mundo sabia o que acontecia com meninas jovens e bonitas em delegacias.

Nesta nova verdade, Grace tinha planejado tudo. Ela tinha planejado o roubo do começo ao fim e envolvido a Mayowa porque ela era jovem e seguia ordens. Isso não me parecia verdadeiro, e não podia ter parecido verdade para a minha mãe, mas ela finalmente tinha vencido uma batalha.

A Mayowa reapareceu três dias depois, suja e faminta, mas ilesa. A Sra. Ajayi, que, assim como eu, não acreditava que ela era inocente, estava hesitante quanto a deixá-la entrar, mas não conseguiu negar abrigo para uma criança que estava esperando em seu portão. Uma atmosfera estranha se instalou na nossa parte do bairro.

A Mayowa me atacou no dia seguinte, enquanto eu passava pelo portão dos Ajayis para chegar ao nosso.

– Você contou.

– Não, eu...

– Você contou! – ela fez uma cara feia e cuspiu no chão.

Eu queria dizer para ela que nunca faria isso, e que ela pensar que sim me machucava. Queria dizer a ela que da próxima vez que ela quisesse fugir, eu iria junto. O peso de tudo que eu queria dizer ficou na minha boca e parou a minha língua.

A partir desse momento, ela me ignorou. Quando eu visitava os Ajayis, ela encontrava maneiras de não ficar por perto; quando não podia evitar, focava sua atenção na Sra. Ajayi e nunca olhava para mim.

Eu me senti rejeitada. E passei a desprezá-la, daquele jeito rápido que uma paixão pode se transformar – como virar um colchão para esconder uma mancha. Eu pensei na Grace apanhando, nas muitas maneiras como uma garota pode ser quebrada. E comecei a mentir.

– Sra. Ajayi, a Mayowa me contou que ela fica com uma parte do troco quando vai no mercado.

– Sra. Ajayi, a Mayowa reclamou que a senhora não tem dado comida pra ela, isso é verdade?

– Sra. Ajayi, a Mayowa falou que prefere alimentar os cachorros que vivem fora de casa do que os que vivem dentro, o que ela quis dizer com isso?

Eu queria que os Ajayis batessem nela, que ela fosse aberta e tirassem de dentro dela aquilo que a fazia corajosa. Que ela se tornasse como o resto de nós, como eu.

Eles a mandaram para o Irmão Benni. Para libertação, segundo o que a Sra. Ajayi disse para minha mãe. Ele era tão bom com as crianças, e a Mayowa era uma criança cheia de problemas que precisava de fé. A Sra. Ajayi ficou chocada com o que aconteceu depois. O que aconteceu depois: o Irmão Benni estava rezando com a garota no seu escritório quando começou a gritar e gritar. Era uma quarta-feira à noite e as pessoas que estavam participando do encontro para estudo da Bíblia correram para ver qual era o problema.

O que aconteceu depois: o Irmão Benni agachado no chão, agarrando a coxa, apertando uma ferida que sangrava. Vários alguéns chamaram pelo nome de Jesus. Alguém chamou uma ambulância para que ele fosse levado para o hospital. Alguém agarrou a Mayowa e apertou seu pulso até ela largar a lâmina. Alguém perguntou o que seria feito com essa garota maluca. Foi a Sra. Ajayi que conseguiu que ela contasse a história toda, como o Irmão Benni tinha mostrado seu *oko* e tentado fazer com que ela o colocasse na boca. Foi a Sra. Ajayi que conseguiu sobrepor-se aos protestos do grupo, ao apontar que o cinto do Irmão Benni estava aberto e perguntar como era possível que Mayowa tivesse cortado a perna dele sem razão se a calça não estava rasgada. Alguém ligou para a polícia, apesar do Irmão Benni afirmar que o demônio o tinha obrigado a fazer isso. Alguém falou que não era como se ele tivesse feito alguma coisa, a garota o tinha parado a tempo, não era necessário chamar as autoridades por um crime que nem tinha acontecido. Ninguém se deu ao trabalho de cancelar o chamado para a polícia, que só chegou muito depois da igreja já estar fechada.

Foi resolvido. O Irmão Benni iria para o hospital e a Mayowa seria mandada embora. Para sua proteção, segundo a Sra. Ajayi. Você sabe como as pessoas são com essas coisas.

O que aconteceu depois: minha mãe, seus punhos estrangulando os braços da poltrona, seu rosto feito pedra.

Eu corri de casa até o portão dos Ajayi e fiquei feliz por encontrá-lo destrancado. O cara que cuidava dos cachorros acenou preguiçosamente quando eu passei correndo por ele. Eu sabia que estava quebrando alguma regra por estar ali sem a Sra. Ajayi para me vigiar ou me receber, mas eu precisava ver a Mayowa.

Eu a encontrei na cozinha, esfregando o chão de forma tão rancorosa que acho que aquilo era uma punição além de uma tarefa. Ela cuspiu no piso como se estivesse amaldiçoando a fundação da casa. Ela ainda não tinha percebido a minha presença e eu recuei para observá-la por um tempo. Após alguns minutos esfregando de forma raivosa e frenética, os braços dela começaram a fraquejar e ela se apoiou nos calcanhares, secando o suor do rosto com a barra do vestido. Não, não era suor. Ela continuou a limpeza, sugando as lágrimas com a boca quando sentia o gosto de sal. Eu recuei mais, pois sabia que ela não gostaria que eu visse essa cena.

Ela não era minha amiga. Ela não estava ali para lutar por mim. Ou me amar. Ela, como eu, não tinha nenhum poder; era apenas mais uma filha sendo mandada de volta para a mãe, desonrada. Frente a isso, meu agradecimento pareceu bobo. Garotas com fogo no ventre são obrigadas a beber de um poço de punição até que as chamas se apaguem.

Mas minha língua se moveu mesmo assim. Eu anunciei minha presença e arremessei algo que era meu.

fontes	Quicksand (Andrew Paglinawan)
	Josefin Sans (Santiago Orozco)
	Crimson (Sebastian Kosch)
papel	Pólen Soft 80 g/m²
impressão	BMF Gráfica